小学館文庫

一（にのまえ）教授はみえるんです

京の都は開運大吉！

柊坂明日子

原案・監修／三雲百夏

小学館

もくじ

第一話 惑星占術

運命工房（アトリエ・デスティニ）

師走の京都は底冷えする。その上、日の出は遅く、日の入りは早い。日の差す時間帯が少なくなると、誰しも気分が落ち込みがちになる。太陽はかくも偉大だ。

『あんたぁ……』

そろそろ日の出の時刻なのだが、なんとも気味の悪い、かつ自信過剰ぎみの男性の声が地底を這うように聞こえてきた。

『このままじゃ、末代まで祟られまっせぇ……』

祟られる……祟られる……。

「あ……く、苦しい……息ができないっ……い、息が……息が……息……息……わ、わたし……たっ、祟られてる――っ!?」

凜子さんが絶叫した。

除霊に長けているはずの凜子さんが、まさかの返り討ちにあっている？　今まで滅してきた数々の魔物たちの恨みが、大きな祟りとなって反撃してきた？

苦しみながら凜子さんは目を開けた。しかし何も見えない。白い雲海の中に漂っているかのようだ。そして、引き続きどうしても息ができない。雲海ということは、まさかすでにそこは天国？

「た……たすけ……たす……た……誰か……」

天国ではなさそうだ。どんどん息絶えていく感じからして、真逆の方向にむかっている。

「プハ――――ッ！ハアッ、ハアッ、ハアッ、ハア――――――ッ！」

いきなり凜子さんの視界が開けた。息ができる。この苦しさは、うっかり三分間以上幽体離脱して、現世に戻って来た時のあの苦しさと似ている。

そう思ったのもつかの間、白いもやもやした雲海がまた押し寄せてきた。が、今回その雲は、なんと凜子さんの頬をなめている。

「なんやなぁ、にぬきやんかっ。ちょっと、死にそうやったやんか。なんでわたしの顔の上、乗っとぉねんな？　にぬき、まさかこの家が寒すぎて暖とってたんちゃうやろな⁉」

この『にぬき』とは関西では『ゆで卵』のことを言う。

にぬきは凜子さんの愛犬で、フランス原産のビション・フリーゼという種のワンちゃんだ。凜子さんとはじめて出逢(であ)った時、まだ子犬だったにぬきは真っ白な、まぁるい頭と体で足元にコロコロ転がってきた。ゆで卵みたいだったので、以来にぬきと呼んでいる。真っ白でふわふわの綿飴(わたあめ)みたいな姿はただただ愛くるしく、耳がどこにあるかもわからないくらい頭が一体化して丸い。しっぽもまん丸。体もまん丸。一旦外にでると「わっ、ヌイグルミが動いた！」と大騒ぎされ、にぬきをバギーに入れて河原町なんかを歩こうものなら、普通一時間四キロ以上歩けるところが、八十メートルも進まない。どこへいってもにぬきは人気ものだ。

「にぬき……お願いやし、顔の上には乗らんといて。『吉徳(よしとく)』の雛人形(ひなにんぎょう)と同じくらい、わたしもお顔が命って言うてへんかったか？　さっきはホンマにヤバかったわ……わたし、祟られとんちゃうかとマジでビビったもん……」

　凜子さんが珍しく気弱なことを言うと、にぬきはご主人様に合わせて「クーンクーン」と気落ちしたトーンで鳴いてみたりする（よく分かっていないようだけれど理解しているようにも聞こえる）。

『だけどあんた、ウチの「惑星占術」に従えば、大凶は大吉に、厄年が富年(とみどし)に、オージービーフの味も黒毛和牛に変わること間違いなし！　今日も月星太陽(つきほしひかる)のワクワク・ライフ、ゲッチュ～やな！　チェケラ！』

　男の声に反応して、にぬきはテレビに駆け寄っていくと、

「ヴゥ～～、ワンッ！　ワンッ！　ワンッ！　ヴゥ～～」

と、まぁるくカットされたボフッとした前脚でテレビ画面をカリカリしながら、攻撃を始めた。

テレビには、五十代前半、パリの画家風の黒いスモックを着て、首元にブルーグレイの大判ストールを無造作にグルグル巻いている男性が映っている。早朝の関西ローカル情報番組で、二人がけの革の赤いソファにどっかりと腰かけ、腕組みしながら、カメラ目線だ。

身長百八十センチくらい。細身だが、体は鍛え上げた感じがする。肌つやはいい。若い頃はかなりイケメンだったのではと思うほど端整な顔をしている。恐らく今でもモテるのではないだろうか？　髪は七・三で分けて後ろに流して、イィ感じに口ひげとあごひげがあり、かなり盛って言えば竹野内豊風。芸術家の竹野内豊だ。けれど、しゃべっている内容があまりにもダメだ。ゴムのきいたスモックの両手首に、いやに存在感のある大きな数珠が左右に一本ずつ……。

「見て。あのおじさん、わたしの竹野内豊様に寄せてきとぉわ。めっちゃ嫌な感じやな。にぬき、あんたも怒っとぉんか？　おじさんは、パリにひっこんで絵でも描いてたらえぇのに……。でもさ、あの大きいお数珠、左がタイガーアイ？　右が……黄金色の光を発してるけど、あれはルチルクォーツ。どっちも金運最強のパワーストーンやんか。お数珠で金運祈願かぁ。ああ、あの大判ストール、何気にルイ・ヴィトンやん。お洒落(しゃれ)に気をつけているのはわかる……でも、わたしの竹野内様に寄せるのはやめてほしい。ふっ……大凶が大吉に？　オージービーフは黒毛和牛ねぇ。なるかいな……そこまで言ったら詐欺。それにしても、とにかくお布団から出たない季節や。寒すぎて、どうにもテンションあがらへんわ……」

うだうだ言っているのは、御年四十八歳、名門烏丸(からすま)大学文化人類学民俗学の教授、一(にのまえ)凛子さんだ。どうやら竹野内豊が好きらしい。

昨夜からつけっぱなしの大画面テレビの強い光は、薄暗い部屋の中、生き物のようにくにゃくにゃと変な光をまきちらしている。

「で、惑星占術って何やな？　十二星座とか九星とか、四柱推命ちゃうよな？　ツキホシヒカルのワクワク・ライフって言われてもねぇ……『ゲッチュ〜〜』って何ゲットしてんな？　『チェケラ』も無理。おじさんの決め台詞(ぜりふ)、分からんわ……朝からテンション高すぎ……」

寝っ転がってテレビに言いたい放題な凛子さんは、碁盤の目のちょうど真ん中にあたる京都御所南に住んでいる。閑静な住宅街にある高級マンションの最上階、四階角部屋が住処(すみか)だ。

その凛子さんは、今朝は珍しくカッコー時計に起こされる前に起きている。「祟られまっせぇ」という言葉が朝寝を妨害したのだ。いや違う。その前に、にぬきが顔に乗ってきて、窒息しそうになって目が覚めた。ベルベル人が織ったタペストリーがかけてある南西の窓の向こうは、追い討ちをかけるようにどんよりしているのがわかる。

「ああ……にぬきがどいたら首回りめっちゃ寒いわ。なのに下半身は燃えるように熱い……これは……ヤバイやつちゃうんかいな……って、わかってんのに、ここんとこ毎日毎日このパターン……」

凜子さんは実年齢こそそれなりだが、見た目は女子大生のように若い。

スキンケアには余念がなく、フランスの老舗化粧品ディノールのアンチエイジングのクリームを大人買いし、日々エイジングケアに全力投球だ。収入の十分の一は化粧品にぶっこんでいると言ってもいい。

凜子さんが寝返りをうつと、すぐ隣にカナダのバンクーバーから持ってきたトーテムポールが天井までそびえていた。上から神話の怪鳥サンダーバード、シャチ、グリズリーベアの順で彫られている。普通の家では絶対に置けない（いや、置いちゃいけない）巨大彫刻だが、すべての間仕切りを除いて広々としている二十畳ほどの寝室兼ＬＤＫ（リビング・ダイニング・キッチン）の中心に、それは鎮座していた。

凜子さんは、部屋の隅にある自分のベッドに目をやると、深いため息をついた。

「昨日こそ、あそこでちゃんと寝る予定やったんやけどな……。ベッドまで辿（たど）り着かへんかったなぁ。気がついたらまたここ。いったんここに入ると、もう出られない……完全ラビリンス……。京都の冬はエアコンなんかではどうにもならへんほど寒いねんなぁ。石油ストーブを使ってもええけど、あれは換気しないとすぐ頭が痛くなるし……かといってセラミック・ファンヒーターは、電気代が恐ろしくかかるし、この部屋に置くなら二台は必要だし……オイルヒーターも優秀やけど、あれはもっとお金かかるし……」

電気代を気にするなら、高級化粧品を買い控えたらいかがかと思うが、凜子さんのお金の使いどころは、そこじゃないらしい。

「とにかくまず、ここ出なあかんねん、分かっとぉねん。わたし、このままでは人として終わってしまうわ」

凜子さんは天井を見ながら、あおむけの体を上方にずらし布団から出ていく。そして、ようやく半身を起こすと身震いした。

「つべたっ!! 寒すぎやろ! 絶対無理、出られるわけないやんか! 蒸し風呂の夏も嫌やけど、冬もほんまにツライ!! いったい誰が京都を盆地にしたんやなーっ!?」

凜子さんは再び布団の中へ、ぐいぐい身を沈めていった。

この布団とは実はコタツ布団のことで、凜子さんは昨夜、コタツでテレビを見ながら、ついうっかりそのまま寝てしまった。

冬のコタツは危険だ。自分を律することができない人間にはお勧めできない。

そしてかれこれそういうコタツ生活がここ三日ほど続いている。

凜子さんのお気に入りの立派な大きいコタツは、天然木クルミ材(ウォルナット)でできた長方形のテーブルで、夏場はモダンでスタイリッシュだが、そこに一旦コタツ布団を挟んだ瞬間、生活のすべてが狂い始める。

身長百五十センチあるかないかの凜子さんが、八十五センチの間口からコタツに入ると、そこはもう完全にベッドだ。テーブルの長辺が百五十もあるから、手足はゆったり伸ばし放題で、その暖かさといったら常夏のハワイだ。

「でもこれ、咲子(さきこ)さんが怒るやつやな……」

はい、たぶん絶対怒られるでしょう。

いや、コタツが悪いのではない。コタツの上に和歌山有田(ありた)みかんの大箱がひっくり返してドーンと置いてあり、それを底から開けて傷みがちなミカンから次々と食し、その皮をテーブルの上に二十個以上まき散らし、プラス、ロングのビールの空き缶数本、オイルサーディンの空き缶、空の瓶詰めキャビア、パーティー開けしたポテトチップスの空袋、高級焼き鳥の串を数十本も散乱させているのが問題だ。誰かが訪ねてきた後じゃない。たぶんお一人で飲んだり食べたり楽しんだ結果がこれなのだ。

「そうや、そう……今日は早起きして、咲子さんとリッツカールトンのモーニングに行く約束してたんや……。冬の落ち込みを解消するには、美味(おい)しいもんを食べるのが一番。あそこのクロワッサン……なんとピエール・エルメのやねんなぁ……しかも、おかわり自由……。クロワッサン・イスパハン、美味しすぎるよなぁ。バラとライチとフランボワーズのクロワッサンってどういうこと？　誰がフツーにこんなステキな組み合わせを考えんねんな？　ここだけの話、いつもお世話になってる京都人のソウルフード、志津屋（しずや）さんの『カルネ』には申し訳ないけど、たまにはパリジェンヌに戻って（元パリジェンヌだったのか？）、爽やかな一日を始めんねん。ああ……考えただけで、よだれ出るわ。でもやばい、どうしよう……もう来る……怒られる……っていうか、とりあえずこっから出たくない……あかんわぁ……あと三秒でピンポン鳴る……三……二……一……」

ピンポーーン。

現在の時刻、午前七時ジャスト。

「鳴った……どんだけ時間に正確やねんな……そしてなんも用意してないわたしって……もう終わった」

リビング壁面にある旧西ドイツ製のカッコー時計も鳴り始めている。からくり人形の木こりは動き、ヤギは飛び跳ね、時報が鳴り終わるとオルゴールが流れ、その音楽に合わせて水車が回り、テラスの人形たちは踊り始める。

カチャカチャ、カシャン、と玄関で音がする。

凜子さんの頭の上あたりにいたにぬきが、全力疾走で玄関までお出迎えに行った。

どうやら（敵は）、合鍵で入ってきたらしい。

「きゃあ、にぬちゃんおはよ〜。今日も可愛(かわい)いのね。元気だった？　モフモフしていい？」

廊下でにぬきと挨拶している声が聞こえる。

「凜子せんせ〜〜〜い、おはようございま――す」

それを聞いて凜子さんは、とうとうコタツという名の常夏ハワイから、高速で這い出してきた。

「ド、ドウモ咲子さん、おはようございます。えっと、わたし昨夜はちょっと調べ物があって、学生さんのレポートに目を通したりしてて、ついうっかりオコタ……コ、コタツでうとうとしてしまったらしくて……ごめんなさい、今起きたところなんですぅ。すぐ着替えますね」

どうしてこの人は、後ろ暗いことがあると標準語でしゃべろうとするのだろう、と咲子さんは訝(いぶか)しんだ。ただし、イントネーションが独特なので、恐らく本人だけが標準語だと信じているだけの関西弁なのだが。

にぬきラブの咲子さんは、出迎えてくれたモフモフ犬を軽々と抱き上げる。と同時に叫んだ。

「あっ!! にぬちゃんっ、ダメっ、ペッしてペッ！」

見るとにぬきは、大きな鶏の骨をくわえていた。お肉の部分はついてないが、ところどころにタレがついている。

「にぬちゃん、それあなたのじゃないでしょ？　はい、私にちょうだい！　にぬちゃんはにぬちゃん用の茹でたササミ食べましょう。余分な塩分とったらダメだから！　ほらっ、ペッしてペッ!!」

ササミの単語に瞬時に反応したにぬきは、ようやく骨つき鶏の骨の部分を口からはずす。

「やだ、ちょっとにぬちゃん見てっ、月星太陽先生が出てる！　あっ、そうか。七時前から月星先生のワクワク占い、やってたんですよね!?　凜子先生、私、木星なんです。今日の木星の運勢、どう言ってました？　そうそう、今月の私はイメージチェンジが必要なんですって！　今月のイメチェン・タイミングをのがしたら、この先三年、何をしてもうまくいかないって。月星先生は厳しいこと言うけど、まあコレがよく当たるんですよね。あ〜今日も月星先生、男前だわ。先生に厳しく叱られたい〜〜」

咲子さんはテレビ画面の占い師を見て興奮している。チェケラチェケラしている占術師のファンのようだ。背が高く痩せ型の咲子さんは、ロングのカシミアコートをカッコよく着こなしている。黙って立っていればモデルみたいだが、その正体は男運の悪い面食いさんだ。

そんな客人よりおよそ二十センチ背の低い凜子さんは、冷ややかに言った。

「せやなぁ、ユピテルの咲子さんはそのショートカットも似合っとぉけど、もっと刈り上げたりしてさ、服はゴスロリで攻めたらええんちゃう。イメチェンするなら徹底的にしたらええ。未来永劫（みらいえいごう）、魔物が寄りつかないこと保証するわ。そうそう、今、咲子さん爆裂運気いいから元旦那がよりを戻しにくるかもやで。気をつけなあかんな」

凜子さんはテキトーなことを言って咲子さんをからかう。

「縁起でもない、やめてくださいっ。私が京都にいることは、天国の両親と兄、それに若干名のお友だちしか知らないんですから。そんなことより惑星占術での凜子先生、冥王星（プルトン）でしたよ。この間、凜子先生の生年月日から私、計算で割り出したんです。プルトンは確か、この冬の寒さに注意って、こないだ月星先生が言ってましたね」

「月星先生って……誰や……それ……」

起きぬけに知らない人の情報を詰め込まれ、凜子さんは頭がもわーんとしている。

「でもさ、咲子さん、冬の寒さに注意って普通のことすぎへん？　誰でも寒いって。それでなくても京都の冬はキンキンに冷えんねん。寒くて体も硬くなるし、転んだりせぇへんように、いつも以上に気をつけてんでな！　そんなん占いちゃうし。占い以前の常識」

凛子さんと咲子さんは、約三か月前からの付き合いだ。フルネーム、富士宮(ふじのみや)咲子さん。静岡県出身、大学入学とともに上京し、それからずっと東京暮らしだった。当時の咲子さんは、元旦那である年下ダメ坊ちゃんに給料と財産を搾取されるだけ搾取され、姑(しゅうとめ)にいびり倒されて泣く泣く離婚し、京都へ最期の旅に出て、生きる希望もなく鴨川(かもがわ)にいたところを凛子さんに助けられた。現在は、凛子さんの職場でもある烏丸大学の学生課で、幸せいっぱいに働いている。

ちなみにこの『助けられた』というのは、鴨川に身を投げて溺れていたのを……という物理的な救助ではない。咲子さんの元旦那の亡くなった愛人さん——病死や自死された方が複数名いて——その女性たちに恨まれ呪われ取り憑(つ)かれ、咲子さん自身も相当具合が悪くなっていたところを、この世ならざるモノが『みえる』凛子さんが『霊上(たまあがる)』した。

おかげで咲子さんはスッキリ元気に生まれ変わり、現在に至っている。咲子さんにとって凛子さんは命の恩人だ。

こういう時、凛子さんは、除霊という言葉は使わない。取り憑く霊たちも、本当はこの世の未練や執着心を断ち切って成仏したいのに、タイミングを逸しただけのことなので、凛子さんは霊を説得し納得してもらうと、その後、迷える霊たちを天国に上げるお手伝いをする。彼女はそれを霊を上げると書いて、心優しく『霊上』と呼んでいた。

しかしそれは人の霊の場合で、魔物と呼ばれる悪いヤツの場合は、問答無用で滅している。魔物は、もう人としての話が通じないレベルなので、跡形もなくしっかりバッサリやるらしい。

咲子さんは凜子さんと同じ四十八歳。奇遇にも同級生だ。おぞましい事故物件だったほぼ新築状態のデザイナーズマンションを凜子さんにスーパー大除霊してもらって、現在は麗しく浄化されたその部屋に、超格安で住まわせてもらい、その上、烏丸大学の学生課での仕事まで斡旋してもらっていた。咲子さんにとって、凜子さんは救いの神だ。同級生であっても「凜子先生」と呼ぶ。馴れ馴れしく「凜子さん」などとは、とても呼べない。

とにかく今、その神と崇める凜子さんのマンションにいる咲子さんは、ざっと部屋を見回した。

イタリアの減塩クラッカーの空き箱をフロアに発見。くだんの『神』はそれに、オイル・サーディンやキャビアをのせて食べたのだろう。しかしトッピングが塩辛すぎる。クラッカーを減塩のものに置き換えても意味がないように思う。その上、焼き鳥の串が十二本……。上品な串は洛北にある「しょうざんリゾート」の高級鶏料理店「わかどり」のおまかせ六本入りだ。それを二セット。さらに骨つき鶏もも肉の一本焼きも食べたらしい。炭火と塩と山椒(さんしょう)のタレの跡が頬についている。しかし、それだけでは足りなかったのか、黒トリュフ入りポテトチップスの袋もあけている。ロング缶のビールが一……二……三本。そして満腹になり、コタツで爆睡と見た。

咲子さんはすぐに動いた。缶やビンは流し横の分別ケースに（コレは先日、咲子さん自身が設置したもの）、菓子袋と菓子箱、ミカンの皮はすぐにゴミ箱に。テーブルの上のミカン箱はどうしようか。かなり重そうだ。しかしその重いミカン箱を、凜子さんは玄関からリビングまで運んだのだ。

「あの、凜子先生……ところでどうして、この家、こんなに寒いんですか？」

エアコンがあるのに、稼働していない。南西窓にかけてあるベルベル人のタペストリーを上にあげると、窓は結露もしていなかった。家の中が乾燥している上に、外の温度と中の温度が一緒だからだ。咲子さんはサッとコートの襟を立てた。

「なんかよくわからんけど……エアコン、ここんとこ調子が悪いみたいで、つけたらものすごい音すんねんなぁ……その前にリモコン、どっかいってもたし……」

これは見つけてくれという意味か。

でもアナタ確か、なんでもみえちゃう人ですよね？　その霊眼でリモコンくらい簡単に見つけられるんじゃないっスか？　と、咲子さんの心のツッコミは厳しくなる。

部屋は足の踏み場もないほど、いろいろなモノが置きっぱなしになっている。このどこかにリモコンがあるらしいが、床には雑誌、服、本、ピザとお寿司屋さんのメニュー、そして乾いて取り込んだ洗濯物の山、鞄（ヴィトン・大型）、また別の鞄（エルメス・大型）、またまた別の鞄（シャネル・お洒落タイプ）、アマゾンの未開封箱（山積み）、ヤマトの未開封箱（数個）、佐川の未開封箱（一個）が目視できるが、リモコンの姿はない。

「あの、凜子先生。差し出がましいようですが、私に今から十五分……いえ二十分、いただけないでしょうか」

これを聞いた瞬間、凜子さんはもう泣いていた。咲子さんが「差し出がましいようですが」と言うのは、部屋をあっという間にザ――――ッと片づけてくれる時だ。二週間ほど前にも一度、ザ――――ッとやってもらった。

凜子さんはすぐそばに落ちていたドイツ製フェイラーのハンドタオルで、目頭をぬぐっている。

ハンドタオルは焼き鳥のタレの匂いがする。焼き鳥類を食べながら何度も何度も指をぬぐったのだろう。

その匂いはさておき、とにかく感涙にむせんでいる。悲しい涙ではない、ただただ感謝の涙なのだ。

「あの、着替えてらしてください。私、ザックリ片しちゃいますので」

咲子さんのザックリはフツーのザックリじゃない。

たかだか十五分〜二十分で無残な広い部屋に道ができ、空きスペースが生まれ、失（な）くし物が発見され、何らかの機器が修繕される。

凛子さんは、この咲子さんの能力をひたすら尊敬しているのだ。

悪霊鎮(あくりょうしず)めの金色玉(こんじきだま)

鴨川は二条大橋のほとり、そのせせらぎを耳にしながら、高級ホテル、リッツカールトンは建っていた。

外国資本のホテルだが、京都の景観に合わせ自己主張を最低限におさえ、地上五階という低層。エントランスは京都の町家を象徴する格子を使い、客人を半世紀ほど前の古都へタイムスリップさせる。

部屋からの眺めは贅沢(ぜいたく)で、鴨川の遥(はる)か向こうの東山三十六峰(ひがしやまさんじゅうろっぽう)を一望できる最高の立地だ。東山三十六峰とは、京都盆地の東側、南北十二キロに及ぶ三十六の山々の総称だ。北は延暦寺(えんりゃくじ)のある比叡山(ひえいざん)、南は伏見稲荷(ふしみいなり)大社がある稲荷山(いなりやま)へと霊山が続く。

その一階、ラ・ロカンダという名のイタリアン・レストランで、今、凜子さんと咲子さんは、念願のゴージャス・ブレックファストをとっている。

「咲子さん、今日のモーニングはわたしのおごりやしね。心ゆくまで楽しんでなぁ」

凜子さんは上機嫌だった。憧れのホテルのモーニングに来られたことはもちろん嬉(うれ)

しいのだが、先ほど咲子さんが部屋をあっという間に大掃除してくれたのが、何よりも嬉しかった。未開封の段ボール箱はすべて開封され、中身が取り出され、それぞれがちゃんと必要な場所に置かれ、空き段ボール箱は畳んで紐でくくられ、すぐにでも資源ゴミとして廃棄できる状態になった。

いや、そんなことはいつものことだ。今回は何がすごいって、咲子さんは部屋のエアコン本体を開けると、中の埃がギッシリつまったフィルターを取り出し、それをザーッと洗ってすっきりさせ、エアコンを気持ちよく稼働させることに成功していた。

いや、これがすごいのでもない。本日、咲子さんはとんでもない発見をしていた。

「ねえ凛子先生、この『京都のぶどうジュース』、本物です。すごく濃厚、ポリフェノールたっぷりですね！　そしてフルーツ盛りだくさんのヨーグルト！　あっ、イチゴにキウイに、えっ、ドラゴンフルーツが入ってる！　それにこちら見て下さい、ほら、この京野菜添えのスモークサーモン、チーズ、ローストハム……みんな厳選された本物の味……ポタージュスープ……体あったまる……すべてがワンプレートに絵のように飾られていて美しい……盛りつけが可愛い過ぎる……私は今、どこにいるの……？」

運ばれてきた飲み物と前菜に、咲子さんはぼーっとしている。

「どこってほら、京都やんか。外、見てみ。この席、ラ・ロカンダでたった二テーブルしかない、窓際のソファ席やねんで。ソファ、ゴージャスやろ。わたしら今日、メッチャついとぉわ。ほら、美しさのすべてを集約させたお庭、わかる？　冬枯れの侘び寂び満載。ここ、普通予約の時にリクエストしとかな座れへんねん。予約すんのん忘れとったけど座ってるって、ラッキーすぎてヤバいやろ」

すると、すかさず咲子さんが応じた。

「今年ももうあとわずかですし、万が一にもここで幸運を使いきったっていいじゃないですか。思いっきり使いきりましょうよ！」

咲子さんの強気の発言に、凜子さんもその通りだと納得する。

「せやせや！　ここ、ピエール・エルメのブティックもあるから、なんか買って帰ろ。咲子さん、どんなん食べたい？　チョコレートでもマカロンでも、なんでもええでぇ、好きなん選んで」

「そんな、とんでもない、ここでご馳走になってるだけでも充分なのに」

咲子さんは恐縮する。

「何言うてんの、あんた、うちの底冷えマンションを一瞬で春に変えてしまった救世主やん、マジシャンかと思ったわ！　とりあえずメッチャありがとうの気持ちやん」

「いえいえ凜子先生、ホントやめて下さい。大袈裟です。っていうか普通、気がつきませんか？　私、初めて先生のお宅にお邪魔した時、すぐ気がつきましたよ」

「全然知らんかったわぁ。なんのスイッチやろか、と思ったまま、気にもせんと冷蔵庫を思いっきり壁ギリギリまで寄せとったやん。なんなら見えへんようにしといたくらいやったわ」

　咲子さんはため息をついた。

「いや……凜子先生……ちゃんとよく見ましょう。見ればわかりますから。第一、先生のマンション、まだ新しいじゃないですか。床暖房がないわけないんです」

そう。咲子さんは先刻、冷蔵庫脇の壁にあった床暖房のスイッチを発見したのだ。そこが全室の制御装置（コントローラー）となっていた。しかし冷蔵庫で隠してしまっていて、凜子さんは今日の今日までその存在に気がついていなかった。

　凜子さんのマンションは賃貸ではなく分譲だ。

　最初に入居した一家が事件に巻き込まれ、そこは目も当てられない事故物件となってしまい、買い手がまったくつかなくなったところを凜子さんが破格の安値で購入した。そして本人自らの念入りな大除霊の末、今は快適な空間となっているが、前の住人がオプションで床暖房をつけていたことに、凜子さんは気づいていなかった。

「ガスの床暖なので、そんなにお金もかかりませんよ。最低レベルにしていても、どの部屋もほんわーり温かいんです。オフにした後も三十分くらい、どの部屋も余熱が効いていて、すごくいいですよ」

咲子さんが言うと、凜子さんは優しく笑った。

「わたし、自分が咲子さんを助けたと思っていたけど、全然ちゃうんかもなぁ。助けてもらったのは、このわたし。今日、はっきりとわかった……」

「何を言ってるんですかっ、助けてもらったのはこの私です！　今、人生で一番楽しいです。凜子先生に会わなかったら、死んでました。改めてありがとうございます！」

咲子さんはそう言うと、ナプキンで目頭を押さえる。

そんな凜子さんたちの隣、ラ・ロカンダでたった二テーブルしかない、庭に面したもう一つのソファ席には、上品なご婦人が二人、優雅に朝食を召し上がっていた。

誰が見ても明らかに富裕層の奥様たちだ。年の頃は四十代。どちらも華奢な美人で、金持ち喧嘩せず的なゆとりの笑顔が羨ましい。

「でね、私、助けて頂いたんよ……あのままやったら、主人も息子も、どうなっていたことかわからしません」

どこもかしこも、助けてもらった話に花が咲いている。

「ホント、つくづく運がよかったと思うんよ……月星先生直々に見ていただけて……これって今考えてもありえへんことなんだけど、月星先生、パリ、ロンドン、ミュンヘン、ニューヨーク、リオ・デ・ジャネイロの大都市を巡るワールド・カウンセリング・ツアーを終えて、たまたま私がお弟子さんに予約をいれておいたその日、河原町のアトリエにフラリと寄らはって、私の顔を見たとたん『あんたぁ、その辛気臭い顔、なんなん？　こらあかんわ、緊急や、上のプラネット・アトリエに入り！　すぐやっ！』って、カウンセリングしてくれはったんよ」

この月星先生という名前で、咲子さんのアンテナがピーンと張り、朝から散々聞かされてきたこの名前に凜子さんのアンテナもすかさずピーンと張る。

月星なんちゃらに助けてもらった女性は、エルメスの青いバーキンを床に置き、肩下までの栗色の巻き髪をゆらしている。目がぱっちり、まつ毛が長くて肌は色白。髪がゆれるたび、いい匂いがする。腕にはダイヤモンドのテニスブレスレット。そして水色のシャネルスーツ。お洒落が浮いてないところを見ると、いつもこのようないでたちをしているのだろう。

「ねえレイコさん、河原町の月星先生のアトリエって、ものすごい列でみんな長いこと並んでて、なかなか入れなかったじゃない？　今でも予約取りづらいでしょう？」

こちらはオレンジのケリーバッグを膝に載せている、長めの巻き黒髪の奥様。一重の京美人で、三日月形の眉がはんなりしている。クリーム色のパンツスーツに色鮮やかなエルメスの大判スカーフを首からさらっと何気なく垂らしている。左腕には品のいい茶色の革バンドのエルメスの腕時計。

シャネルスーツの青バーキンさんの方が、レイコさんというらしい。

「マリエちゃん、私、よかったら紹介するよ？　最初は月星先生のお弟子さんに観て頂くことになるけど、ええよねぇ？」

レイコさんはオレンジのケリーバッグさんに言った。オレンジケリーさんは、マリエちゃんというらしい。マリエちゃんのほうが、レイコさんより若干年下か。

凜子さんと咲子さんは、何気に個人情報をぐいぐい入手している。

「うーん、お弟子さんねぇ……でも、できたら、レイコさんみたいに、月星先生直々に観ていただきたいわぁ……」

ケリーバッグのマリエちゃんは、首から下げたエルメスのスカーフに人差し指をクルクル巻きつけた。そういう仕草も可愛らしい。お金持ちでしかも可愛いってずるい。この世は時々不公平だ。

それにしても二人ともエルメスがよくお似合いだ。巻き髪はただただエレガント。

ちなみに凜子先生もエルメスのバーキンをお持ちだが、あちこちに噛み痕がついている。今朝も骨つき鶏のぶっとい骨をガシガシやっていた真っ白いモフモフ犬、にぬきが鶏の骨ついでに噛んだのだ。

にぬきは故郷が懐かしいのか、フランスの鞄をよく噛んでいる。ヴィトンもシャネルも噛まれている。でも、アメリカ製のコーチとかイタリアのフェラガモとかは噛まれたことがない。偶然とは思えない。

そのにぬきは今朝、まさかの置いてきぼりを食らっている。朝食のカリカリ&茹でたササミをいつもより多めに奮発されたが、凛子さんたちが素敵な場所に出かけることを察しているのか、大好きなササミを食べながらも表情は暗かった。

「にぬちゃん、私たちモーニング終わったら、またここに戻ってくるから、アトデね」

出がけに咲子さんがなだめると、フランス原産のにぬきは、咲子さんの「アトデ」の部分を、フランス語のAttendez(アトンデ)と理解した。アトンデの意味は「待ってて」だ。アトデの直後「ウ〜ウィッ!」(たぶんイエスという意味のOui(ウィ))と反応したので、二人の会話は完璧に成り立っている。

「でもね、マリエちゃん、そのお弟子さんたちも、とても優秀なのよ……みんな三十歳前後でお若いんだけど、アドバイスはいつも的確だしね」

月星先生自らの鑑定を受けた青バーキンのレイコさんが言った。オプションで頼んだのか、シャンパンを飲んでいる。

朝からシャンパン……実に優雅だ。

凛子さんも咲子さんもそう思ったが、二人はこのモーニングの後、それぞれ烏丸大学での仕事があるので、さすがに飲めない、というか車で来ているので、飲んじゃだめ。

「そうなの？　やっぱりわたしも一度観てもらいたいわぁ。うちの息子、灘中に入れたいんだけど、成績が追いつかへんのよ……どうにかしないとなって思って。ほら、うちの主人、灘中灘高から京大医学部やから」

　マリエちゃんは何気なくマウントをとっている。いや、レイコさんもかなりのセレブリティなので、この程度の話はマウントに入らないのだろう。もしかして、それはただの事実の羅列？　しかし、占いで息子を名門中学に入れようとする前に、まずは優秀な家庭教師さんについてもらった方が手っ取り早くないだろうか。

「マリエちゃん、実はここだけの話なんやけど、まずはお弟子さんと仲良くなるとええと思うんよ。そしたら、月星先生にコンタクトがとれるようになるし」

　青バーキンさんのレイコさんが、これはトップシークレットよ、とばかりにちょっと声のトーンを落とした。

「でも、お弟子さんクラスでも鑑定料、やっぱりお高いのよね？」

　どう見てもセレブなマリエちゃんでも鑑定料は気になるらしい。

「河原町のお弟子さんは、二十分××円なんよ。で、月星先生だと×××円ね……」

　レイコさんは、金額のところだけ口を押さえて言うので、こちらには聞こえない。

　咲子さんはスマホを取り出し、なにかを検索し始めた。

河原町　アトリエ　月星太陽　鑑定料

「あっ、二十分……二万円です。お弟子さんクラスでっ？　月星先生の鑑定料は、ヒ――ッ、三十万円からって……えっ、何分で三十万円なのかしら？　まさか……二十分、三十万っ！　一時間だと九十万円っ⁉」

咲子さんは、スマホ画面を凜子さんに見せて、叫びそうになる口を手の平で押さえている。

「お弟子さんで一時間六万？　そりゃメッチャ高いなぁ。六万あったら、ここで八回モーニングができるんちゃうの？　それプラス、マカロンあるいはチョコも買えるやんか」

凜子さんは冷静な計算をしている。

「あっ⁉　ここかぁ！　ここ着物の小物屋さんのあったところやんか‼」

凜子さんは、河原町に建つアトリエという名の占い館のビルの外観を見て、また両隣の店から、元あった着物の小物屋さんを思い出し、ふかーいため息をつく。

「このお店の小物、可愛かってんけどなぁ……着物用の手提げとか下駄とか、鼻緒とか髪飾りとか、全部オリジナルで気に入っとったのに。いや、わたしも悪いわ……この頃、すっかり着物も着ぃへんくなったから。で、このお店も行かんくなって……つぶれたんやわ。つぶしたんは、わたしちゃうやろか」

「いえ、先生お一人のせいじゃないです。最近はみんな着物を着ませんからね……」

すかさず咲子さんがフォローする。

「レイコさん、わたし、もうこうなったらいくらかかってもいいです。どうしても、みてもらいたいことがあるんです。不出来な息子の将来もそうだけど、この頃、うちの主人の行動があやしいんで……どうも新人看護師さんとできているような気がするんよね……でもこれ、まったく証拠がないからどうにもできないの。直接聞いて、夫婦仲がこじれるのもいやだし。わたしの勘違いやったらいいんやけど……離婚する気はまったくないし……」

こんなに綺麗(きれい)で、しかも何不自由なく幸せに暮らしているように見えるマリエちゃんも、実はかなりナイーヴな問題をかかえていた。

「でも凛子先生、ああいうのって、占いじゃどうにもなりませんよね」

元旦那にさんざん女遊びをされて苦しんだ咲子さんが、声をひそめて言う。二人は今、リッツカールトンのモーニングより、隣のテーブルの話が気になって仕方がない。

「ほら私、義理の祖父を突然亡くしたでしょう。その二か月後に自分の母方の祖父を亡くして、二度あることは三度あるから注意しないとアカンって言われて、ホントにその通りだなって……。で、月星先生から頂戴した悪霊鎮めの金色玉を、家から五キロ以上離れた山中に三十センチ以上深く掘ったところに埋めに行ったんよ……これ、前に話したよね？」

青バーキンのレイコさん、何だかとんでもないことをおっしゃっている。

凜子さんと咲子さんの、前菜を食べるフォークを持つ手が止まってしまう。

「ええ、金色玉ね、呪い・恨み・霊障をすべて吸い込んでしまうんでしょう？」

ケリーのマリエちゃんが小声で言う。

「月星先生が、私の家のあの頃の状態をそのまま放置してたら、不幸の連鎖が続くって言い切らはったんよ。未来永劫祟られるって……。代々守られてきたうちの家宝の壺が割れたことで、それまで守られていた我が一族の運気のバランスが崩れてしまったって。結界が破られた、みたいなことも言うてはったわ……」

この言葉を聞いて、凜子先生がププッと笑ってしまう。

「で……私は、新月の夜、月星先生に伴ってもらって、東山の山中に金色玉を埋めに行ったのよ……。素手で埋めるのよ。もう、ネイルも指も土でボロボロ。埋めている間、月星先生はお経をずっと唱えてくれてはった。それが終わってね、数日経って気がついたら、体調がすぐれなかった主人も息子も元気になって、現在うちはまったく問題がなくなってんのよ。それどころか主人がゼッタイ無理だと言われてたドバイの会社との大きな取引を締結してきたりね……その上、息子もおじいちゃまの建設会社は僕が継ぐって言いだして……今まで、建設業には全く興味がなかったのに……信じられないくらいなにもかもが好転してきたの。だから、もしマリエちゃんも気になることがあったら、この悪霊鎮めの金色玉、やってみる価値があるかもしれないよね。私、金色玉を地中に埋めて家に帰ったら、サーッと家の中の空気が変わったのを感じたから！」

その時、凜子さんと咲子さんのテーブルにボーイさんがやってきて、四角い木のお盆にのせた小ぶりのクロワッサン各種を勧めてくれる。

ようやく咲子さんは、自分が憧れのホテルにいることを思い出した。

「わあ、どうしよう、素敵……あの、私、一応、全種類いただいてもよろしいですか？」

咲子さんがうっとりしながら、焼きたてのクロワッサン四種すべてをお願いすると、ボーイさんは笑顔でトングで取りわけてくれた。あたりにおいしいバターの香りが広がる。

しかし凜子さんは、隣のセレブリティ奥様二人の会話に全神経を集中させていた。ほんのちょっと前まで、鼻で笑っていたはずなのだが、ボーイさんが目に入っていない。

「あ、あの、こちらのお皿にも全種類でお願いします」

焦った咲子さんが、凜子さんの分もクロワッサンをお願いした。

「どうしました、凜子先生……？」

ボーイさんが去った後、咲子さんは凜子さんにたずねた。が、引き続き返事はない。凜子さんは、隣のテーブルのセレブリティさんたちの頭上をずっと眺めている。

「あっ!! やだ、凜子先生、また人様のことを勝手に霊視してっ!! そういうの今、やめませんかっ? ほら、ピエール・エルメのバラとライチとフランボワーズのクロワッサン、好きなんですよね? 食べましょうよ。お代わり自由なんですからっ」

凜子さんの視線が人の頭上やら背後にいっている時は、たいてい霊視をしていることが多い。

凜子さんが今、青バーキンのレイコさんの頭上を睨むように見て、首を小さく横に振った。「お断り」という意思表示だ。きっと青バーキンさんの守護霊か何かが頼みごとをしたのだが、凜子さんは「いいえ」的な反応を繰り返している。

「うわあ……おいしい……バターがいいわぁ……発酵バターかなあ……フランスのエシレ・バターを思い出すわあ。サックリサクサク、あ、ちょっとこの甘酸っぱいのがフランボワーズ部分ね……えっ、なのにバラの香りが広がるっ……めちゃめちゃおいしい……私、ピエール・エルメ、とうとうデビューしちゃいました。デビューまで四十八年もかかりましたけどね〜〜〜」

咲子さんは諦めて、無理やり目の前のクロワッサンに集中する。占いは好きだが、本物の霊現象に積極的にはかかわりたくない。

「いや、だから、致しませんって。知らん人やし。わたしには関係ないんやってば」

凛子さんは視線を誰もいない美しいお庭の方へ移しながら、はっきりとしゃべっていた。

「だからぁ……うまくいった言うてはるんやし、もうそれでええやないですか。インチキかもしれんってことに、いずれは気がつかはるかもしれへんけど、まぁそん時はそん時で。本人、納得してやったことやし、他人がつべこべ言うことちゃいますし。それに彼女、暮らし向きは問題なさそうやし、今回はちょっとイタイ勉強代がかかったと思って……もうこのままでええと思いますけど？」

咲子さんにも会話が聞こえるくらいの声で、しゃべっている。

「はあ……ピエール・エルメ……ええわあ。これ、東京の青山でも売ってたけど、私がいくと、いつも売り切れなんよ。東京での私、ほとほと運がつきてた……えっと、これはバニラ風味のアーモンド・ペースト……こちらはプラリネとショコラノワール……プレーンのクロワッサンも秀逸……あ、でもやっぱり、バラとライチとフランボワーズのクロワッサンがサイコーやなあ……ウチ、おかわりしちゃうかもやん」

咲子さんはひたすら独り言を続けて、目の前の異次元謎会話から意識を外そうとした。しかしなぜかまるで板につかない、たどたどしい京言葉になっている。標準語をしゃべる凛子さんと同じくらいにあやしい。

「ったく……こんな優雅な朝食を食べてるのに、なんで邪魔するんかなぁ！」

凛子さんはとうとう立ち上がって、隣のテーブルへと向かっていった。

「あのー、お食事中、大変失礼かと思いますが、ちょっとよろしいですか？」

なんと、凛子さんはレイコさんに向かって言った。

「唐突にすみません。月星先生からのアドバイスで、金色玉を地中深くに埋められたって言うてはりましたけど……」

「え？　あ……はい……そ、そうですけど……」

レイコさんはものすごく動揺している。怒りモードの凛子さんの顔がコワイのだ。

「最初にそちらの……義理のお祖父(じい)さまの家の床の間にあった、大切にされてた壺が割れたんでしたよね。でもそれたぶん、お宅の猫ちゃんのいたずらです。おっきい猫ちゃんいはるじゃないですか？　グレイの天鵞絨(ビロード)みたいな毛並みの子」

「えっ？　あなたどうして、うちの壺が割れたことを知ってはりますの？　それにどうして、ウチの猫のことまで……」

レイコさんは一瞬にして怪訝(けげん)な表情になった。

「あー、すみません、申し遅れました。わたし、烏丸大学で民俗学を教えています、ニノマエと申します」

凛子さんは大学の名刺を出した。こういう時、大学教授の肩書きはかなりの威力を発揮する。

「いろいろ『みえる』こともありまして、時々霊障などで困っている人をカウンセリングして、お力になることもあるんですけど……さっきからあなたの義理のお祖父様と、あなたの母方のお祖父様のお二人が、ずー っとわたしに話しにこられてて、壺は関係ないから、と。あれは新婚旅行に行った上海で、義理のお祖父様の奥様……まぁ義理のお祖母様ね、その彼女が気に入って買った、ただの想い出の壺らしいですよ。骨董ではあるけれど、それほど高いものではないし、どうして未来永劫祟られるなんていいかげんなことを言われないといけないのかわからないって、言うてはりますけど。あの……そもそも、義理のお祖父様は九十三歳で他界、母方のお祖父様は、九十六歳で他界。どちらも亡くなる前日までお元気でしたよね？　ピンピンコロリで羨ましい亡くなり方やと思いますけど？　最後の最後までおいしいご飯を食べて、ご家族とも楽しく暮らして、幸せな生涯だったと思うんですけど。……ってまあ、ご本人たちもここでおっしゃってますけどね。今、『みさせて』もらっただけでも、どこがどう祟られているのかわかりませんし、全く問題がないと思いますよ」

凛子さんが一気に話すと、レイコさんは、口をポカンと開けてしまう。

「そ、そんなことおっしゃっても、壺が割れた四日後に、私の義理の祖父は亡くなったんです。その壺、義理の祖父がとっても大事にしていた壺なんです。家宝だったんです。それが割れて、義祖父が突然亡くなり、その二か月後、今度はうちの母方のお祖父ちゃままで亡くなってしまって。その頃から主人は胃が痛いって言うし、息子は学校に行きたくないってごねるし……。月星先生は、このままだと末代まで祟られるっておっしゃったんですっ」

レイコさんは本当は優しい顔をしているのに、金切り声で反論する。家族を守りたくて必死なのだ。

そして、凜子さんは静かに続けた。

「でも、よく考えて。その壺は、あなたの母方のお祖父様が大事にしていた壺ちゃうでしょう？　ということは、母方のお祖父様が祟られて亡くなる理由にはならないと思う……。それと、義理のお祖父様、クリスチャンですよね？　亡くなる三日前、あなたが車を運転して、いつもの教会に連れて行ったでしょう？　最期に教会に行って、牧師様にもご挨拶ができてホントによかった、ありがとうって言うてますけど。教会に行かはりましたよね？」

凜子さんの言葉に、レイコさんはこめかみに青筋たてて唇をわなわな震わせた。

「ご主人の胃が痛いのは、ご不幸が続いたのと、単に仕事がキツかったからみたい。だってドバイの仕事を取ってくるのって、至難の業だったでしょう？　ライバル会社はたくさんあるみたいだし。息子さんは、大好きだったお祖父ちゃまたちを二人もたてつづけに亡くして、気がふさいだだけ。特に息子さんは、お祖父ちゃん子でしたよね？　普通に考えてみたら、誰でも元気なくならはると思いますけど？」

「あっ、あなた、いったい何者なんですか？　気味が悪いわっ、誰からうちの情報を仕入れているのっ？　警察に通報しますよっ、何が目的なんですっ？　私もう失礼させて頂くわっ」

　レイコさんが立ちあがると、オレンジケリーのマリエちゃんも慌てて席を立った。

　二人は凜子先生を睨むと、それぞれ十センチほどあるヒールをカツカツ鳴らしながら、遠くに消えていった。

「ほらぁ……怒らはったし……だから嫌やって言うてるのに……あっ、ジィさんら、どっかいかはった！　ちょっとジィさんらっ!!　わたしに謝罪はないのかいなっ!!」

　凜子さんは毒づくと、ソファに腰かけ深いため息をついた。

「あの奥さんの後ろについてきていた人たちが、伝えてくれって凜子先生にせっついたんでしょう？」

　そこらへんの霊界事情に嫌でも詳しくなっている咲子さんが、凜子さんを慰めるように言った。

「彼女、ものすごいお金を払ってんねんな、その月星先生とやらにさ。『あかん、うちの財産やられてしまう、孫娘を止めてくれ』って、お祖父ちゃまたちが必死にわたしに頼んでくるからさ……」

凜子さんは落ち込んでしまう。

「でも凜子さん、あのお二人、ほとんど食事は終わってますし、お帰りになってもいい頃だったんですよ。気にしないでいいんじゃないかと。このラ・ロカンダも、次のお客様の席を用意できて回転がよくなったし、リッツカールトン的にはサンキューですよ。いやメルシーかな？　あ、イタリアンだからグラッツィエね？」

咲子さんの言う通り、彼女らのテーブルはほとんど終わりかけていた。シャンパンも飲み切っている。お皿もすべて空だ。

「お待たせしました。メイン料理でございます」

グッド・タイミングで黒服のボーイさんがやってきて、二人にできたてのエッグ・ベネディクトを運んできてくれた。

イングリッシュ・マフィンの上にほうれん草とハム、そして主役のポーチド・エッグがのっていて、そこに濃厚なオランデーズ・ソースがかかっている。バターとレモンと上等なあらびき胡椒(こしょう)の香りがソースから漂ってくる。

「これやん、これ！　咲子さん、この卵食べてみて。これね、宇治(うじ)の養鶏場でとれるWABISUKEの卵やねん……もうさ、これ食べたら普通の卵に戻れへんねん！」

おいしいものが出てくると、凜子さんは、パッといつもの凜子さんに戻り、テーブルにならぶ素敵なモーニングに目を輝かせた。

＊　＊　＊

そして、その日の夕方だった。

リッツカールトンで豪華モーニングの後、烏丸大学へ出勤して三つの講義を終え、凜子さんが自分の研究室でぐったりしていると、突然コンコンとノックの音がした。

「どうぞ〜」

と言うと、扉が開き、今朝の青バーキンのレイコさんが現れた。けれど凜子さんは全く驚かない。なんとなくやって来るような気がしていたのだろう。

「ああ……レイコさん、今朝はぶしつけにすみませんでした。驚かせちゃいましたよね。わたしも変に首突っ込むようなこと言いたくなかったんですけど、あなたのお祖父ちゃまたちが『孫娘を止めてほしい』って何度も何度も頼まはるし、わたし、話せんかったらせっかくの食事がまったくできへんようになってしまうし……」

凜子さんが、先にレイコさんに正直に伝えた。

「いいえ、私も申し訳ありませんでした。あの後、よく考えて、そうしたら何が本当なのかまったくわからなくなってしまって……。私、五年ほど前から、月星先生のファンで……講演会とかセミナーによく行ってるんですけど、一度、講演会のクジに当たって、公開悩み相談をしてもらえることがあって、壇上で悩みを聞いてもらったら、それから色々といいことが続いて……」

「いいことが続いてって……レイコさん、あんた元々運気ええんやし。女性としても素敵やしご主人をサポートしてて、子育てもきちんとしてはる、同居されてる義理の家族とも仲がよくて、もちろんご実家との関係も良好ですよね。たまに教会のバザーでボランティアもやってて、地区の清掃活動にも必ず参加して、運気が悪くなる要因が見当たらへんのやけど……」

凜子さんは、すでにレイコさんのことをよく知っているかのように話す。

「レイコさん、ちゃんと生きてはんのに、何がそんなに不安で怯えてんのかなぁって思うよ」

これは凜子さんの正直な気持ちだ。

レイコさんは毒気の抜けた表情で、ぼんやりと話し始めた。

「私は……普通の家庭で育ったんですけど、建設会社を経営する一族の主人に見初められて結婚して、すごい格差婚だったのに、義理の両親も義理の祖父母もそんなことまったく気にしないで、みんなあったかくて優しくて、私のことを本当の娘みたいに可愛がってくれて……。息子も授かり、何不自由ない暮らしが続いて、こんなに幸せでいいのかって、数年前から急に怖くなってしまったんです。こんな幸せ続くわけがないって、いつかいきなりどん底に突き落とされるかもって、不安で不安で……」

「それ、月星先生が言わはったん？」

凜子さんが言うと、レイコさんは小さくうなずいた。

「でもあなた、遊んでいて今の幸せをつかんだわけじゃないでしょ？　ご主人のケア、掃除、洗濯、食事、家事全般一人で引き受けてるやん。嫌な顔ひとつせず、にこにこと……あんな大家族やったら家政婦さんを頼んでもいいのに、人任せにはしてないやん。あなた、ものすごい働き者やん」

凜子さんはそう褒めるが、レイコさんはうつむいてしまう。

「あの……私、さっきごく普通の家庭で育ったって言いましたけど、ホントは八歳の時、両親と弟を車の事故で突然亡くしてしまって、その後、子供のいない夫婦の養女になって育ててもらったんです。今ではその養父母は、心の底から私の本当の親だと思ってます。何不自由なく、すごく大切に育ててもらいました」

「そうよね。さっきのお店で出てきたその……養母さんのお父さんにあたる人やったんかな、あなたのこと心配でしょうがないって感じやったし。騙されてる、つまらないことにお金を使わんといてほしいって、わたしに頼むんよ。あなた、例のなんたらかんたらの金色玉にいくら払ったん？」

「悪霊鎮めの金色玉……ですか……？」

レイコさんはさらに表情をかたくした。

「あれは……本物の二十四金を使わないと意味がないって……その玉が大きければ大きいほど、災難を吸収し悪鬼を地に埋め戻してくれるって言うから……」

「で、おいくら？」

凜子さんはずばり聞いた。

「は……は……」

レイコさんは、唇を震わせた。

「はっ、八十万円っ⁉」

凜子さんは絶叫した。

「いえ、あの……は……八百万です……」

ひゃ、と凜子さんが声にならない声をあげた。

「あんた、それ三年間毎日、リッツカールトンで朝食、食べられるやないの！」

凜子さんがうなだれてしまうと、窓際にいたにぬきが、この重い空気を一掃しなければと、バギーの中でひっくり返ってヘソ天になり、「モフっていいよ、モフってモフって！」みたいな感じで足をバタバタし始める。

「きゃっ動いた！　それ、ワンちゃんだったんですか！　シープ調のボアの毛布かと思ってました。ワンちゃん、ごめんね、驚かしちゃった？」

レイコさんはバギーに近づいて、にぬきのお腹をそーっとさする。もうそれだけで、にぬきは大満足だ。

「あのね、レイコさん。うちのワンちゃんも、とんでもないことするんです。ベネチアの一点モノのグラス割ったり、ブランドのバッグ噛み砕いたり、ベランダの植木鉢で用を足したり、わたしの焼いたお肉、ちょっと目を離したすきに奪って逃げたり。でも、それって普通のことやんね。それより悪いことがあった後は、逆にいいことがあったりするんよ。陰があったら陽がある。この世のパワー・バランスやしね」

レイコさんは神妙な表情になった。凜子さんは続ける。

「家宝の壺が割れて、その四日後にそれを大切にしていた義理のお祖父ちゃまが亡くなって、そのまた二か月後に育てのお祖父ちゃまも逝ってしまって、そりゃあかなりショックやったと思うんよ。だから、月星先生のアトリエに駆け込んだんやんね？」

「その通りです。でも、確かに先生がおっしゃるように、かたや九十三歳、もう一方は九十六歳……しかも二人とも前日まで元気で、好きなものを食べてのんびりしてたんです。よく考えると、それって全然不幸な亡くなり方じゃなかったと思います……」

「あ、わたしのこと先生って言わんでええしね。わたし、一凜子っていうの。凜子さんって呼んで？」

「はい……凜子さん、あの、申し遅れました、私、財宝山麗子と申します」

「はあっ？　もしかして、準大手ゼネコンの財宝山建設……？」

「え……ご存じでいらっしゃいますか」

「いや、関西の人やったら、財宝山建設知らない人おらへんのちゃう？　そりゃあなたカモにもされるわ。あっちも裕福ってすぐ気づくしな。で、その八百万円、どこから調達したん？　ご主人とは相談してんの？」

「いえ、これはさすがに言えなくて。会社勤めの時の貯金から……このことは、主人は一切知らないんです。そもそも月星先生が、こういう秘儀は本人が秘密裡に行わないと効果がないって言わはったし……でも、インチキじゃないです。私、ちゃんと本物の二十四金の玉を地中深くに埋めたんですから」

麗子さんは、この期に及んで月星を擁護する。でもやはり、心の中にある違和感をぬぐいきれず、名刺を辿ってこうやって凜子さんのもとを訪ねてきたのだろう。

「あのね、今更こんなん言うてもどうしようもないんやけど、その二十四金玉、もうとっくに掘り起こされてなくなってると思うけど、多分」

「だ……誰が、そんなんしはるんです？」

「誰がって、その埋めた場所を知っている人以外におらへんと思うけど」

これを聞いて麗子さんは、大きなため息をつく。

「麗子さん、その金色玉とやらを埋めた場所、覚えとぉ？」

「東山のどこかだと思うんですけど、車でグルグルグルグル上がったり下がったり、暗い山道を走ったから……もうどこがどうやら……」

「で、領収書はあるん？」

「現金でお渡ししたので、通帳に定期預金を解約した記録しかありません……」

「せやね……ちょっと考えるわ……」

凜子さんは、一瞬とても厳しい表情になる。

「あのさ麗子さん、もっと自分に自信を持って大丈夫なんちゃうやろか。今、ちゃんと一生懸命生きてはるでしょ？　もちろん、小さい頃にご両親と弟さんが突然亡くなったのは、かなりのトラウマやと思うけど……そのご両親と同じくらい愛してくれる養父母さんに出逢えたやんか。麗子さん、頑張って生きてきたやん！　今ある幸せは、全部自分のもんなんやから、何があっても大丈夫やって。ご両親と弟さんも見守ってくれてはるのん、感じるやろ。心配しんと今の生活を大切に守っていき」

凜子さんが話すと、麗子さんは徐々に落ち着きを取り戻していった。

「あと、今朝いたマリエちゃんやったっけ？　彼女に月星先生を紹介するのはやめといた方がええと思うわ。また結構なお支払いすることになると思うし」

麗子さんは、この時ようやく凜子さんに深くうなずいた。

「マリエちゃんの息子さんには、できることあるなら、いい家庭教師を紹介したげるとかやな。特に理科と算数に強い先生がええと思う。息子さんは頭のいいコやから、勉強すれば灘中にも行けるんちゃうかな。あ、マリエちゃんの旦那さんは、かなりのイケメンやな? 若い頃の反町隆史(そりまちたかし)みたいな……そりゃあ看護師さんたちが放っておかへんわ。でも大丈夫。彼、外科医かな? 忙し過ぎて、今は遊ぶ暇なさそう。それより彼はもっとステータスが欲しいねん。病院内でスキャンダルは絶対あかんと思っとぉはず。賢い旦那さんやなぁ。それよりマリエちゃんがしなあかんのは、体にええお食事でご主人と息子さんの健康管理をすることやな。悪霊鎮めの金色玉なんて、まったく必要ないし。もし埋めるなら、わたしが後ろついてって、二十四金玉、掘り出したい気分やって伝えてあげて」

凜子さんが言うと、麗子さんは目をまん丸くした。

呪い返しの秘儀

京都という日本情緒溢れる土地でも、十二月になると、街には何かしらクリスマスの雰囲気が漂ってくる。赤と緑と金をふんだんに使ったデコレーションが、あちこちのショーウィンドウで目につくようになる。

土曜日、午後二時。咲子さんは緊張した表情で、河原町通りにある占いの館、真っ白い三階建てのビル「アトリエ・デスティニ」に入っていく。『運命工房』というその意味に背筋が凍る。

自動ドアが開き、一歩踏み入れたそこには、不思議な香りが漂っていた。

一階フロアは天井が高く、その天井から惑星のオブジェがいくつも垂れさがっている。地球、月、土星、火星……そこまではわかるけど、他の天体は何なのか、イマイチはっきりしない。大きいもので直径一メートルくらいある。

「ようこそいらっしゃいませ」

入り口すぐ左の受付から、黒服のイケメン男性が声をかけてくる。若いイケメンはブースから出てくると、咲子さんに爽やかな笑顔で挨拶をした。立ち襟の黒い上着に、まっすぐ並ぶ金ボタン、細身のズボンも黒、靴は黒のエナメル、髪は金のメッシュが入っている短髪。涼しい切れ長の目。Kポップアイドルみたいな雰囲気で、咲子さんはついうっかりドキドキしてしまった。

「えっと、あの……私、金城富江と申します」

咲子さんは偽名を使い、アトリエに予約を入れていた。今日は凜子さんから与えられた大切なミッションだ。

「金城様、お待ちしておりました。この度、財宝山様からのご紹介とうかがっております。特別緊急カウンセリングということで準備しております。昨夜、月星とコンタクトがとれまして、金城様を遠隔霊視したところ、すぐにでも河原町に来ていただきなさいと、たいそう深刻な様子だったので……本日、急遽カウンセリングをアレンジいたしました。で、本日の体調はいかがでしょう？」

あまりのVIP待遇に、咲子さんは一瞬腰が引ける。イケメンにこういう扱いを受けたことがない。しかも標準語、ここは六本木のステキなクラブか？

「ええ、あの……私……もうこのところずっと気分が落ち込んで……ここへくるのもやっとの状態でした……あの、でもどうして、月星先生は私と直接会ってないのに、私のこの不調がわかるんですか」

咲子さんは、虚ろな視線でそう答えた。

「月星先生は、そういうお方なんです。金城様の生年月日とお名前フルネームを頂戴しただけで、ほとんどのことが見えてしまうんです。初回は通常、弟子のテラーにカウンセリングを任せるのですが、今回、金城様には特別に月星自らが対応すると申しまして……これは金城様がかなりの問題を抱えていらっしゃると思い、私どもスタッフも万全を期してお待ち申しあげておりました」

Kポップな彼は、ぐいぐい咲子さんに近づいて話してくる。ちょっと距離が近すぎるが、イケメンに弱い咲子さんは、その切れ長の目をうっとりと眺めていた。

「あ、あの……すみません、テラーとおっしゃってましたけど、テラーって何でしょう……？」

咲子さんはあえてたずねた。

「はい。テラーとはフォーチュン・テラーのことです。要は占い師ですね」

Kポップな彼は、お洒落な感じでさらりと答える。

しかし咲子さんはこう見えて、東京外国語大学の言語外国語学部を卒業した人だ。tellerといえば、銀行などの金銭出納係、あるいは窓口のことを指すと知っている。

さらに言えば、言語学を勉強しつくした咲子さんにとって、テラーの意味はそれだけではない。イギリスの方言で、テラーには『人の死を知らせる鐘の音』という意味まであることを知っている。それゆえテラーと言われても、それは全然、占い師などではなく、お金を管理する人、あるいは死を告げる人という負のイメージしかない。

咲子さんは背筋がゾワゾワしてきた。一旦気持ちを落ち着かせようと、一階のラウンジを見回した。あちこちに楕円（だえん）のガラステーブルが配置されて、そこに弧を描く座り心地のよさそうなレモン・イエローのソファが置いてある。二、三人ずつがそのソファに座っている。大学生風の男子、女子、若いOLさん、若い会社員男性、上品なおばあちゃん、おじいちゃん、普通のおじさん、おばさん。二十人近くが、カウンセリング待ちをしている。

「ねえ、あの人まさか、月星先生じきじきにみてもらわはるとかちゃうよね？」

女子大生が言った。ジーンズにハーフコート、バックパックを背負ってる。

「えっ、月星先生、今日、アトリエにいてはんの？」

その女子大生の隣に座るOLさんが言った。黒のダウンジャケットに黒のパンツ。スニーカーも黒だ。

「そんなことありますのん？　私なんてもうここに八回も来とぉのに、お弟子さんにしかカウンセリングしてもろたことないですわ……」

買い物帰りなのか、大丸（だいまる）の紙の手提げ袋を傍らに置いたおばあちゃんが言う。彼女はさっきからずっと編み物をしている。待ち時間が長いのだ。

「特別緊急カウンセリングって言われてはったし、あの人、命にかかわる霊障とか持ってはるに決まってる」

三十歳くらいの会社員男性が眉をひそめた。黒のビジネス鞄をもっている。靴は擦り切れていて、靴墨もつけてない。

「そういえば彼女、身なりはいいが、幸薄そうや……」

もう一人の男性が言った。この彼もそうとう景気の悪い顔をしている。それを小耳に挟んでしまった咲子さんは、トーンダウンだ。

「そうね……そうよね、私、幸薄いんです、かなり薄かったです……見る人が見たらわかっちゃうんです……。だから夫の愛人の霊に取り憑かれたりするのよね……あーあ……あれはつくづく大変でした……」

思わず、うつむいてつぶやいてしまう。

けれど咲子さんはすぐ思い直す。そう、今日は『幸薄くて、どうにもこうにも占いに頼らないと生きていけないモードの女』になり切ってこい、と凜子さんに言われてここまで来たのだ。

というのも、凜子さんがもしこの役をやった場合、隠しても隠しきれない強くて大きいパワーが体から滲み出てしまう。そうなると月星先生の霊力のあるなしにかかわらず、すぐに凜子さんの素性を見抜いてしまうだろうから、今日のミッションには不向きだと、咲子さんに白羽の矢（？）がたったのだ。

今日の咲子さんは、黒のラメ入りシャネルスーツ（元旦那とデートするために買っていた私物）、腕には金無垢のロレックス（元旦那とお揃いで買った）。左の薬指には大きなダイヤの指輪、その隣にカルチェの三連リング（自前）、靴は低ヒールの黒のフェラガモ（自前）、バッグはエルメスの赤バーキン（凜子さん所蔵・にぬきの噛み痕あり）、ショートカットの耳に映える円い大きなイヤリングには、くっきりとシャネルのロゴ（元旦那をヨーロッパ旅行に連れて行った時に買ってもらった最初で最後のプレゼント）。

誰がどこからみても、ピッカピカのセレブに仕上げてきた。

いや、咲子さんは元々ある意味セレブだった。東京の一等地、松濤の超瀟洒なマンションで暮らし、元義父は一流企業である住菱地所の社長、そこで本部長の役職に就く元夫（コイツがダメ男）、そして社長秘書をしていた咲子さん（年収一千万円超）という立場だったのだ。本日の咲子さんは、眠っていた自分のセレブリティに磨きをかけ、ミッションを遂行するつもりだ。そもそも恩人の凜子さんに頼まれたら、咲子さんはイヤとは言えない。

「金城様、本日は三階のプラネット・アトリエにお通しします。持ち物すべて、一階のこちらのロッカーにお預けください」

Kポップな受付の彼は、左奥の白いロッカーに手をかざした。取っ手が金でゴージャス感があふれるロッカーだ。

「あ、鞄は自分で持っておきます。色々と貴重品が入っておりますもので……」

と、咲子さんは言ったが。

「大丈夫です。こちらのロッカーは鍵がかかりますので。月星先生は、カウンセリングの時、余計なものを持ち込まれるのを嫌うのです。手荷物は、霊視の邪魔になるといつもおっしゃっています。アトリエ内に不協和音を生み出すというか……。あ、もちろんスマホなども鞄に入れて、ロッカー内に保管しておいてくださいね」

すべて手放さなければいけないのか、と咲子さんは嫌な予感がしたが、しかたなく持ってきた赤バーキンにスマホをいれ、ロッカーに手荷物をしまった。鍵はポケットにいれた。

受付から右手に、金の手すりのついた白い螺旋階段(らせんかいだん)があり、その階段の裏に小型のエレベーターがあった。エレベーターの扉は鏡でできていて、咲子さんは自分を映して全身をチェックした。幸薄そうだが、金持ち風ではある。

Kポップな受付男性は、咲子さんを……いや、金城富江さんをエレベーターまでいざない、自分もエレベーターに入り、三階のボタンを押した。

狭いエレベーターの中は、天井がプラネタリウムのようになっていて星々が光っていた。この中も、下のフロアと同じように特殊な匂いが充満していた。

最近、京都の老舗（しにせ）「松栄堂（しょうえいどう）」さんのお香がお気に入りの咲子さんは、清涼な香をききわける力がついていた。ゆえにこのアトリエに入った瞬間から、フロアに広がる香、そしてこのエレベーターにこもる香に違和感をおぼえていた。嫌な香りではないが、なにか正式でない素材が含まれていることに気づいている。

そうこうしているうちに三階に到着し、エレベーターを降りると、そこには絨毯（じゅうたん）張りの廊下があった。廊下を挟んで三つずつ個室がある。廊下は一メートルおきくらいに紫のフットライトがついているだけで薄暗く、窓もない。一番奥に重厚な扉がついたカウンセリング・ルームがあった。その扉に筆記体でPlanet Atelierと書かれた金の看板がかかっていた。

咲子さんは、何だか帰りたくなってきた。ほんのちょっと前まで月星先生の惑星占術には興味があったが、今は不安しかない。

Kポップ風の受付男性が扉をノックすると、

「はい、どうぞ——開いとるでぇ！　カマ〜〜ン！」

テレビでよく聞く月星先生の声がして、ちょっとホッとした。

これから先は一人だ。意を決して扉を開けると、咲子さんは中へ入って行った。

「ようこそ、おいでやす！　ああっ、あんた、そんな暗い顔せぇへんといて！　辛気臭いわ！　ここに来たらもう、あんたの悩みはすべて解決！　この月星太陽にフルコースお・ま・か・せ、っちゅう訳や！」

テレビの印象どおり、月星太陽はめっちゃくちゃパワフルだった。

部屋は思いのほか明るくお洒落な雰囲気だ。十二畳ほどの部屋の三方の壁は白の飾り棚になっていて、そこには月星自らの著書がずらりと何種類も並んでいたかと思うと、別の段には大中小の水晶玉や、例の金色玉――これは大は直径十二センチくらい、小で三センチくらいのもの――が五種類ほど美しく置かれていた。本物の二十四金だろう。メッキではなさそうだ。

他には、販売用の金のペンダントなども飾られている。直径二・五センチほどのコイン形ペンダントの中心に宝石が埋められている。それはダイヤモンドであったり、ルビーであったり、あるいはサファイアであったり、どれもキラキラ輝いている。人工石ではない、おそらくこちらも本物の宝石だ。

月星太陽自らも、一際大きいそのペンダントを身につけていた。真ん中に黒い石、おそらくオニキスが埋められている。見るからに高そうだし、デザインは悪くない。

「あ、あの、は、初めまして、わたし、ふじのみ……じゃなくて、富士宮市出身で現在京都在住の金城富江と申します」

咲子さんは緊張のあまりつい本名を言いそうになり、あわてて誤魔化す。しかし、富士宮市に金城という苗字はしっくりこない。金城という苗字は沖縄方面に多い名前だ。

「あんた、プルートなんやって？　今年のプルートは、どん底やったやろ？　どん底で辛酸なめつくしてきたよな。よう、ここまでたどり着けたな」

月星太陽は、テレビでよく見る姿と同じで、黒いスモックに、首にはいつものヴィトンの大判ストールをぐるぐる巻きつけていた。

「はぁ……よくご存じで……本当に……どん底でした……どうにもならないくらい、どん底で」

咲子さんは、つい本音で語ってしまう。

「そのどん底、このままやと来年も引きずっていくんやろうな。あんた、気ぃ弱いから、悪い奴らの食いモンにされてしまうんや」

かなり図星だ。元旦那に自分の買ったマンションを乗っ取られ、結婚生活をしていた時は一千万円はあった年収が、なんやかやとすべて旦那に使われてしまっていた。

「あんた、ここはズバンと呪い返しをせな、この先もずっとやられっぱなしやで。そんな人生でええんかっ？　もっと自分を大事にせなあかんっ！　あんたのご先祖さん、七代遡ってみーんな泣いとるわっ！」

咲子さんはうなだれた。

月星の占いは、だいたいがこのような厳しい説教口調になる。テレビでは、その説教口調がまず若者にウケて人気が広がった。SNSでは月星に罵倒されればされるほど運気が爆上がりしたと書かれていて、親にも怒られたことのない若者世代に、月星信者が増えていった。

講演会やセミナーはいつも満席。公開悩み相談で壇上に上がれる信者はもうそれだけで業を抹消したと言われ、誰もが月星のカウンセリングを受けたがった。が、ここ数年、月星の人気は上がりすぎて、月星が人選をするようになったのか、自らカウンセリングすることが少なくなっていた。

今日、そのカウンセリングを受けることになった咲子さんに、待合室の人たちが羨望の眼差し（まなざし）を向けるのも当然だった。

「あんたはこれから、何かを大きく犠牲にすることになるんや。一番手っ取り早いのが、金や。手放すのに身を切られるほど辛（つら）いものほど、効果があるんや。しかし心配せんでええから。あんたが使うその金は、あんたの運気が回復すると同時に、あんたのもとにスコ――ンと戻ってくるんや。『呪い返し』をするなら、わたしが力になりましょ。幸せになんのか地獄に落ちるんか、決めるのは、あんたやで」

月星の気迫に、咲子さんはたじろぐ。

「しっかりし、あんたぁ!!　いったい誰の人生なんやっ？　あんたの人生、この先もやられっぱなしでええんかっ!?」

　この言葉は、咲子さんにずしんと響いた。

「わ、わかりましたっ。お願いします。月星先生、どうかお力になってください。でも呪い返しって……どうしたらいいんですかっ？」

「まず、わたしが祈禱（きとう）した赤い半紙を渡すから、そこに赤の墨汁で、あんたに辛酸をなめさせた人間の名前をすべて書くんや。一体、二百九十一万円。その名前の書かれた赤い半紙で金色玉を包む。それを家から二・九一キロ以上離れた山中に月の出ない朔（さく）の夜、地中深くに鎮めるんや。これは誰にも見られたらあかんねん。これは惑星占術、秘儀中の秘儀なんや」

　しかし「一体」って、いったい……何……？

　咲子さんはこんな状況で、ヘンなダジャレで自分にツッコんでいた。まだ心に余裕があるということだ。困った時ほど笑いを取って頭を冷やせ、というのが凜子さんの教えだった。

「で、あんた、何体書くつもりなんや!?　憎いヤツはいったい何人なんやっ!!　何人の人生、末代まで祟らせてほしいんやっ!?」

　その時、咲子さんはハッとした。そう言えば月星先生のカウンセリング料は、二十分三十万円だった。もうすぐ二十分になる。一応、一時間の九十万円だけ、現金を用意してきた。

「えっと、一体というのは、一人ということですよね？　ということなら私、二体の名前、書かせてもらいます」

咲子さんは元旦那と姑を思い浮かべた。

「ほな、金色玉は最低直径六センチは必要やな。六百万プラスや。二体で五百八十二万、金色玉と合わせて、千百八十二万円や」

「で、今日のこのカウンセリング料もプラスするんですね……」

咲子さんは虚ろな目できいた。

「まあ、それはおまけしたろか。あんたがあんまりにも幸薄そうやから、福の神からのプレゼントやな！　ほな、呪い返しの日取り、早急に決めんとあかんな。あんたがおかしゅうなってしまう前に、こりゃ急がんとあかんわーッハッハッハッハ〜ッ!!」

月星は豪快に笑った。

審神者（さにわ）

カウンセリングが終わると、もう夕方だった。あたりは薄暗く、河原町にクリスマス・イルミネーションが輝きだす。

疲れ切った咲子さんはフラフラしながらアトリエを出ると、すぐにタクシーを拾い、御所南の凛子さんのマンションに向かった。

ピンポーン、とチャイムを鳴らすと即、凛子さんが出迎えてくれる。

「えっ、何っ？　咲子さん、何の匂いをつけてきてんのっ」

凛子さんは顔を近づけて、今、咲子さんが着ているカシミアのコートをクンクン嗅いだ。

にぬきも奥の部屋から爆走してくるが、いきなり咲子さんに向かって「ヴゥ〜〜、ワンッ！」と吠（ほ）えそうになったが、なんとか「ヴ〜〜」で止めていた。

「ヴ〜ヴ〜〜」と言っているだけなので、たぶんこれはフランス語のvous（ヴー）ではないかと、咲子さんはぼんやりする頭で考えた。意味は二人称の『あなた』。

「あんた、あんた（よぉきてくれたわ〜）」と言われた気がして、咲子さんはホッとする。やがて「ヴー」は途中から「ヴニュー」に変わっていた。『ヴニュ』は恐らく『ウェルカム』とか『ようこそ』という意味のbienvenu（ビャンヴニュ）だ。咲子さんは強引にそう解読して、にぬきに笑いかけた。

しかし、にぬきが「ヴゥ〜、ワンッ！」と吠える時は、気をつけねばならない。それは大抵、よからぬ霊がすぐ近くにいる時で、これこそがにぬきが「魔物探知犬」と呼ばれる所以（ゆえん）だ。この賢いモフモフは、凜子さんより先に、魔物やら妖怪やら地縛霊のたぐいを見つけてしまう。

「うわ……なんや気持ち悪いわ、その香り。お香やろけど……なんかちゃうもん混ざってるみたいやな……ちょっと怪しい匂いやわ。まぁ合法やろうし精神をリラックスさせるもんやろけど、わたしはこういうのはあかんわ。咲子さん、嗅覚ええのにさぁ、分からんかったはずないやろ？」

凜子さんは怒っていた。咲子さんにではない、ヘンな香を焚（た）き散らす占いの館、アトリエ・デスティニに、だ。

「私もアトリエに入った瞬間、この香り……好きじゃないなってすぐ思いましたけど……カウンセリング待ちしている人たちは、別段平気な顔をしていたので……」

「せやなぁ……多くの人は気づかんのやろなぁ……でもまあ、咲子さんは気づいたとしても、ミッション頼んでるから帰るわけにもいかへんかぁ……ごめんごめん、休みの日にこんなことお願いしたしなぁ……まあとにかく上がって上がって！」

咲子さんは凜子さんの家に入る。いつもの大広間を眺めると、この間引き抜いたはずのコタツ布団がまたテーブルにはさんであった。テーブルの上に、有田みかんの大箱がひっくり返して開けてある。しかし、この間のミカンではない。箱の上ギリギリまでミカンが増えている。もう一箱、新しいのを買ったのか？

床暖が効いている。部屋がフワーッと暖かい。その上、エアコンも稼働している。

「足元からジワーッとあったまるんよ……ここ……天国やねん。咲子さん、ありがとう、ほんま感謝やわぁ」

そう言いながら、凜子さんは、シンクの上の戸棚を開けると、すぐガラスの香皿と、ビー玉みたいな香立てを取り出し、一本のお線香に火を灯した。

すると、部屋中にじわじわと極上沈香の香りが広がってゆく。沈香はベトナムや東南アジアなどで取れる樹脂を含む貴重な香木だ。その重厚な香りは心を落ち着かせ、あたりの空気を清涼にする。京都の老舗「松栄堂」さんのものだが、これは若女将にお願いして奥から出してきてもらう逸品だ。

「凜子先生……こんな高級なお香、すみません……あ、気分がよくなっていく……やっぱりあのアトリエの匂い、ダメでした。あ……そうそう、スマホお返ししますね。

私と月星先生の話、ちゃんと聞けてました？」

　咲子さんはシャネルスーツの内側に勝手にポケットをつけ、そこに凜子さんのスマホを入れて、本日の会話を凜子さんにリモートでお聞かせしていた。

　アトリエ内はスマホ禁止と聞いていたので、こうせざるをえなかった。スマホ禁止というのはたぶん、アトリエ内のものを写真で撮られたり、会話を録音されたりすることを徹底的に阻止しているのだろう。あちらはかなり警戒している。

「わたしさ、今日、どんだけぶりやろうっていうくらい久々に家の固定電話を使ったわ。家の電話なんか要らんと思ってたけど、お陰でしっかり話が聞けたわ。途中、月星のおじさんがあまりに異常なテンションやったし笑いそうになったわ。一体二百九十一万円って何？　もしかして291で、憎い？　ありえへんわぁ。で、トータル千百八十二万円って何よ？　ベンツの新車買えるやん。それで呪い返し料、振込じゃなくて、当日、現地でお支払い？　これ、完全に犯罪案件やね」

「ですよね～。でもね凜子先生、恐ろしいことに、月星先生と面と向かってしゃべっていると、何百万円払ってもかまわない気持ちになるんですよ。彼、口は悪いけど結構なイケメンじゃないですか。あの目を見てると、どんどん引き込まれていって、厳しいことを言われれば言われるほど、もっともだっていう気になっちゃうんです。こんなに自分のことを心配してくれる人はいないって気持ちにさせられるんですよね」

「それは、だからそのアヤシイ香りで、変なテンションにさせられてんねん。ああ、もう、これはマジでどうにかせなあかんやつや……」

凜子さんは静かにコタツに入ると、和歌山のみかん箱に手をつっこんでいた。

＊　＊　＊

師走、朔の夜。奇しくもクリスマス・イヴ――。

月の光が届かない今宵、闇はいつにもまして深く、街はパーティー気分で盛り上がっているが、咲子さんはカシミアのコートにアクアスキュータムのマフラーを首に巻き、ズボンも純毛のアクアスキュータム、仕上げに温かいボアつきのブーツを履いて、完全なる寒さ対策をし、黒の軽自動車の後部座席で揺られていた。運転手は月星太陽だ。

朔の夜、つまり今夜、咲子さんは京都の山のどこかに、金色玉を埋める「呪い返しの秘儀」を行いにいく。

ポケットには強力催涙スプレーをひそませている。しかし恐らく、月星の狙いはお金だ。手など出してこないだろう。青バーキンの財宝山麗子さんも、月星と二人っきりで悪霊鎮めの秘儀を行ったというが、危険な目にあったとは言ってなかった。

咲子さんの家から二・九一キロ以上離れた場所で埋めるというが、行き先は教えてもらってない。麗子さんは東山のどこかに埋めたと言っていたが、本日咲子さんも同じ東山とは限らない。

実は、今この月星の車の後を、凜子さんが尾行している。凜子さんはこの日のために、新京極脇でパワーストーンを売る「夜の石屋（ナイト・ジュエラー）」のお兄さんから、黒の小さなベンツを借りてきている。凜子さんの愛車はＢＭＷのＭＩＮＩの白で、幌（ほろ）が開閉するコンバーチブル・タイプだが、それでは目立ちすぎる。尾行は黒でないといけない。

「ミニは気に入ってるけど、ベンツもええわ～。振動がないのがええ。なんか黒のベンツって、何よりかっこいい女って感じがするしなぁ。あ、でも、にぬきは屋根がない車好きやし、やっぱ外の風に当たりたいよな？　ベンツに幌が開閉するやつってあるのかなぁ……」

凜子さんは、助手席に座るにぬきに話しかけていた。

今、お友達が体を張って、月星の車に乗り込んでいるというのに、凜子さんの興味はベンツ……それっていいのだろうか。

「ヘイ、Siri、黒のベンツで幌が開け閉めできるやつ、いくらくらい？」

凜子さんは腕のスマートウォッチに話しかける。かなり余裕ぶっこいてる。

『クロノ　メルセデス　カブリオレ　センヨンヒャクマン』

「あ、やっぱりそれくらいするよね」

『ジコッタ　ヤツナラ　カナリ　オヤスイノ　アル』

「ふーん……新車に近かったら、それもありかな？」

『シンシャ　デ　ジコル……キノドク……』

「そうなんよ……なんでもお祓いすればいいってもんでもないんよね……とりあえず、新しくても事故車はやめとくわ……」

『ソンナコトヨリ　イキサキ　ワカッテル……？』

現在、車は河原町を出て鴨川沿いを上がり、北大路通西入ったところを走っている。

「ほらにぬき、見てみ！　もぉ大徳寺さんのとこまで来た。あそこ上がったところがおなじみの今宮神社さんやん。今宮神社さんっていったらやっぱりあれよね」

凜子さんがにぬきにしゃべりかけると、

「ワウウィヲウィッ！　ワウウィヲウィッ！」

にぬきがもごもご吠えている。

「そうなんよ〜、あぶり餅！　あ〜お腹すいた！　今ならわたし、あぶり餅二皿は軽くいける気がするわ」

　ワウウィヲウィッという鳴き声は、どうやらあぶり餅のことらしい。わらび餅と聞こえなくもないが……。

「あっ、今五時二十分か……もしかしてまだあぶり餅のお店、やってるよな？」

『イマ　ゴジ　ジュウキュウフン　アブリモチ　カエル』

「買えるなぁ！」

『デモ　ヤメマショウ』

「なんで？　あのお店、五時半まで営業しとんちゃうかった？」

『オトモダチ　オイカケル』

「え、オモチ　カエル？　お餅買えるの？　それともお持ち帰り？　とにかくまだあぶり餅屋さんは営業中ってことやろ？」

『……アナタ　ビコウチュウ』

凜子さんは「ヘイ、Siri」とは言っていないのに、気がつけばスマートウォッチと普通に会話をしている。凜子さんの周りの精密機器は、よくこのような誤作動を起こす。

「あ、そっか、すっかり忘れよったわ。わたし今、尾行中やったわ。それにしてもお腹すきすぎて、尾行に集中できへん。行きがけに『志津屋』さんで何か買ってくればよかった。カルネはもう朝に食べたから、今の気分はビーフカレーパン……いや……もうここはガッツリと元祖ビーフカツサンドを食べたいわ。いや、ちょっと待って。運転中やし、運転しながら食べやすいのはカスクートやわ……。ハードなフランスパンにボンレスハムとプロセスチーズが挟まってるアレ。左手にカスクート、右手でハンドル握って、って、なんやわたし、フランス人みたいやん。っていうかカスクートのフランスパン固いから、運転しながらだと、嚙み切れなくて事故っちゃうかもっ。っていうか、あれ？」

焦った凜子さんは、車を路肩に寄せて止めた。

「咲子さんの車、どこ行った？　え、しまった見失った!!」

＊　＊　＊

「なあ、さっきからあんた、後ろばっか見てはるけど、何か気になることでもあんの？」

二人っきりの軽自動車の中、月星が言った。今日は、革の上下にサングラスをしている。黙っていれば、ステキな竹野内豊様だ。

「ああ、いえ別に……私、東京暮らしが長くて……京都は何もかもが珍しくて……ついきょろきょろしてしまうんです……」

後車に黒のベンツの姿が見えない。咲子さんは焦っていた。

北大路通を西へ進んだ月星は、途中で千本北大路を上がった。道幅が狭くなり車の数も少なくなる。佛教（ぶっきょう）大学正門脇を通過して、さらにさらに上がっていく。しかし、まだ人通りはあった。

やがて「しょうざんリゾート」の横を走っていく。ホテルあり結婚式場ありプールありゴルフ場あり高級レストラン各種あり……それこそ何でもある。ここには花札の絵柄「芒（すすき）に月」のモチーフにもなっている本物の鷹峯（たかがみね）のお山がある。ススキが生い茂る形のいい山から月が上ってくる時季は、大勢の旅行客がこのホテルにつめかけるのだろう。

凜子さんの場合、お月見が目的ではない。ここには焼き鳥やら骨つき鶏やらをテイクアウトできる高級鶏料理店さん「わかどり」があり、仕事帰り、車を飛ばしてわざわざ買いに来ている。肉食の凜子さんは、肉にはうるさい。

月星の車は、その「しょうざんリゾート」を通り過ぎると、さらに西へ西へと入っていた。道幅がさらに狭くなる。走っている車も月星の車だけになってしまった。あたりはもう真っ暗だ。

咲子さんは段々不安になってきた。はっきり言って内心パニックだ。

というのも、今日は月星に言われた通りの千百八十二万円を用意してきたが、実はそのお金は束になっている上と下の部分だけが本物の万札で、中身は子供銀行のおもちゃの偽札だ。それを紙袋に入れ、リュックに入れて背負っている。これから呪い返しの金色玉をどこかの山中に深く埋めたところで凛子さんが現れて、その秘儀のインチキ具合を暴く予定だったのだが、肝心の凛子さんがどうも尾行に失敗している。

今、まったくわけのわからない山道をどんどんのぼっていく。しかも咲子さんは月星に会った時、すぐにスマホの電源を切るよう指示され、しぶしぶ自分のスマホをオフにさせられていた。それだけでは終わらず、月星は地の厚い銀色のビニールの小袋を咲子さんに渡すと、その中にスマホを入れるよう言った。それは電磁波から身を守る袋らしく、河原町のアトリエで売っているという。一袋三万円。もっともらしいことを言っていたが、何もかもが高額すぎる。百均でも買えそうな袋だ。

しかし月星いわく、霊的な秘儀を行う時は、すべての電磁波が最大の邪魔になるらしく、秘儀を成功させるためには、徹底的に電磁波を避けなければいけないらしい。

そこまで言われると咲子さんも従うしかなく、スマホをその電磁波から身を守る袋に入れるとリュックにしまった。

こうなるともう、アプリで咲子さんの位置を確認することはできない。

昨夜、凛子さんは、

「まかせて！　あんた、わたしを誰やと思ってんのよ？」

と、自信満々だったが、咲子さんは今、悪い予感しかしない。

まったく人気（ひとけ）のない山の中なので、車のライトしか頼れるものはない。すれ違う車もない。咲子さんは、もう後ろを振り向かなくなった。車から逃げ出すこともできない。逃げたところで、そこがどこなのかまったくわからない。

しばらくまたのぼっていくと、ようやく少し道幅が広がったところで車が止まった。朔なので、月明かりがまったくない。咲子さんは泣きたくなった。たぶんあたりがどこかわからないように、わざわざ朔を選んでいるのだろう。

「ここがええな。実はさっきから上からの啓示がバンバン降りてきてんねん……」

上からの啓示って何？　上って天国？　また、いいかげんなことを言っている。

月星は助手席のダッシュボードを開けると、そこからライトを取り出した。それには平たいゴムバンドがついている。頭で留めて額で光らせる登山用のヘッドライトだ。

「さあ、行くで！　あんた、しっかり後、ついて来るんやで！　これから山に入っていくしな」

そう言って、月星は額のライトをオンにする。LEDの白々とした光が眩しい。咲子さんにはライトはなく、お金を入れたリュックのみを背負って行く。

二人して道路脇の山中に入っていく。月星は杉のような針葉樹がぎっしりと生えている道なき道を進む。咲子さんも黙って後をついていく。途中、月星はブツブツとお経のようなものを唱え始める。

五分、十分、十五分……どこをどう進んでいるのかわからなくなり、方向感覚を失う。車を停めた場所はもう見えない。

とんだクリスマス・イヴになったと、咲子さんは今年一番のピンチに見舞われていた。

さらにまた五分、十分とのぼっていく。足元に、熊笹が生い茂っている。すごく寒い。しっかりと極暖のヒートテックまで着こんできたけれど、京都の師走、しかも夜の冷え方は半端ない。東京に住んでいた咲子さんには、ここまでの寒さが想像できなかった。

「よっしゃ、おりゃあっ!! ここや、ここ、えいやあっ!!」

いきなり月星が叫び、地中に短剣をぶっ刺していた。

二十センチくらいの長さの銀の短剣は、銃刀法違反レベルの鋭利なものだ。いったいどこにそんなものを隠し持っていたのか。咲子さんはヘッドライトをつけていないので、先を行く月星についていくのが精いっぱいだった。

咲子さんはあまりに怖すぎて、悲鳴もあげられないでいる。ここで殺されて埋められたらもう誰にも捜し出してもらえないだろう。

恐怖と寒さのせいで体が震えて、歯もカチカチ鳴り始めていた。

「あんた、ここや、ここ! この下が地獄につながってるねん。ここであんたの恨み憎しみ悔しさ、ぜーんぶ埋めたるんや。あんたに辛酸舐めさせた奴らの未来は、ここで終わらしたり！　そいつらがこの先、現世で浮かばれることはもうないからな！」

月星は大きな声で言い放った。

「赤い半紙に包んだ金色玉、持ってきとぉな？　ここに三十センチ以上の穴を掘り！　あんたの手で、すべての始末つけるんや」

咲子さんは赤の半紙にくるんだ二十四金の金色玉を、コートの上から触ってみた。しっかりポケットに入っている。

「この秘儀で使ってええのは自分の手だけや。あんたに悔しい思いをさせた二体の名前を心の中で交互に叫びながら、掘っていきや」

月星に言われ、咲子さんは地中を深く掘り始めた。寒さで手がかじかんでいて、固い土を掘っても掘っても、痛みを感じない。

咲子さんは掘りながら、なんとか時間を稼いで、その間に凜子さんが助けに来てくれたら、と願っていた。しかし、どんなに時間が経っても凜子さんは来ない。車が通る音すらしない。

偽札だとわかったらどうしよう……。この秘儀が終わってお金を渡したら、きっとバレる。万事休すだった。

「よっしゃあ、そんなもんやな。もうええで、充分や。呪い返しの金色玉、その穴に投げつけてやり！」

咲子さんは土だらけの手で、コートのポケットを探って赤い半紙にくるまれた金色玉を取り出した。そしてそれを自分が掘った穴の中にポンと放り投げる。

「あんた、土をそーっとそーっとかぶしていって。わたしはその間、呪い返しの秘儀の呪文を唱えてるしな」

そう言うと月星は、聞いたことのないような言葉を大声でべらべらと、それらしく唱え始めた。

その呪文等は、何かがおかしい。凜子さんが『魔釣り』という名の大除霊をする時に唱える祝詞やお経、あるいは呪文とは一線を画したものだった。月星の口から出る言葉はただただ気味が悪い。

咲子さんは時間をかけて、呪い返しの金色玉に土をかけていく。土をかけて、土をかけて、最後にその穴にこんもりと土が盛り上がると。

「今やっ!! 踏んで、踏んで、踏みまくるんや! 憎い奴らの身動きがとれんようにしてしまえ!」

月星に言われた通り、咲子さんはボアつきブーツで、盛り土の上を踏んでいく。

「よっしゃあ! ええで、ええで! ハイ、そこまでや! めちゃめちゃスーーーッとしたやろ? どうや、今の気分は」

月星は自信満々の顔で言う。

ス——ッとどころか、咲子さんは余りの寒さと疲労でズズズ——ッとその場に倒れそうだった。その暗い顔を見て月星が言う。

「あんたな、まだ実感できてへんかもしれんけど、家にたどり着いた時には、そらもぉ胸の奥底から気分爽快になってんでぇ。そういうもんや。そりゃびっくりするほどの達成感や。おっと、こんな不浄の土地に長居は無用や。さ、車にもどろ」

月星はいつもの明るい調子で、今来た山道を迷うことなくどんどんおりていった。

あともう少しで車道にでる、という時、なんと山の中から金色に光る得体のしれない生き物が、熊笹を鳴らしてザザッ、ザザッと向かってくるのがわかった。

「は？　えっ!?　あ、あれっ、なっ、なんなんやっ！」

怖いものなしだと思った月星が狼狽(ろうばい)している。謎の動物は月星に今まさに飛びかかろうとしている。咲子さんも身構えた。

すると月星は地面にひれふし、「南無阿弥陀仏(なむあみだぶつ)、南無阿弥陀仏」と唱え始める。

見たことのない金色の被毛、雲海のようにふわふわと光り輝く……その丸い……顔？

「ハッ？　なにっ？　にぬちゃんっ？　どうしたの、こんなところでっ!!」

咲子さんは、ようやく助けが来てくれていたことに気がついた。

にぬきは嬉しそうに咲子さんに飛びついてきた。

「でもにぬちゃん、凜子先生はどうしたの？　まさか、ひとりで来たの？」

にぬきを抱きながら車道をあちこち探すが、凜子さんの車はない。

「よぉこんなインチキまかり通ったもんやわ、月星さん」

突如、山の高いところから声がした。見上げるとそこに凜子さんがいた。

暗闇の中、仁王立ちになっている。

「なっ、何なんや、誰やお前っ」

月星は、相手が一見ひ弱そうな女性だと気づいて強く出た。しかしそれこそが大間違い。

「あんた十年くらい前まで、ちょっとばかしの霊能力はあったみたいやけど、今はもう何も感じへんし、みえへんのやろ？　惑星占術ってあれ、結局、似たような中国の占術のパクリやから、まったく当たってないとも言えへんけど、占いは占いやん。占いで止めとけばよかったのに、高いお金払わせて金色玉を地中深くに埋めるとかなんとかっていうのは、あかんやろ。いや、それ埋めて相談者さんの気が晴れるんなら埋めても結構やけど、その金色玉とか水晶玉とか埋めさせた後、月星さん、あんた掘り返しに来とぉやろ？　いくらみえへん世界やからって、それだけはやったらあかんのんちゃう？　だって相談者さんは、金色玉に呪いを込めて埋めてんねんし」

「あんたぁ、いい加減なこと言わんといて、人聞きの悪い!!　わたしがいつ掘り返した言うんよ？」

「あのさ、さっきから、ずーーっと見ててんけど、月星さん、この山から下りてくる時、白い碁石みたいん、途中途中に落としてたやんか？　ヘンゼルとグレーテル的な目印になるもんやんな？　あと、見つからへんと思って、時折ナイフで杉の木にも切り込み入れてたやん？　咲子さん、それ気づかんかった？」

「は？　杉の木に切り込み？　いえ……月星先生は、山道を歩きながら、時々、樹木をあちこちさすっていたりしてました……けど……木からパワーチャージとか思ってました……だってほら、欧米でtouch wood（タッチ・ウッド）とかknock wood（ノック・ウッド）っていって、木を触ると祟りがなくうまくいくっていう言い伝えがあるから、それかと思って。お祓い的な。ち、ちがうの？」

　咲子さんは、にぬきを抱きながら温まっている。にぬちゃんはいつだってほかほかだ。お陰で震えがおさまってくる。

「さすってたんじゃなくて、ナイフで切り込みいれて、目印をつけてたんよ。あ、ちなみにこれ、さっきわたしが拾い集めた碁石」

　凜子さんは、ポケットからコロコロっと白い碁石を取り出して見せる。

「ええかげんにしぃや！　あんた、何やの？　いったいどこの何者やねん！」

「わたし？　わたしはただの通りすがりの霊能者やん。月星さん、あんたも最初は千円とか二千円で、相談者さんに秘儀を教えとったんやって？　もちろんその頃は本物の二十四金とか水晶玉とかは使わんと、ただの赤い紙に恨みつらみを書き綴らせて、相談者さん自らが一人で勝手に遠いとこに埋めてはったんやろ。まぁ、相談者さんらの苦しみを軽減させてあげてるんやったら、ただのおまじないみたいなもんやし、それはそれで一つのやり方としてええと思うねん。でもさ、それをビジネスにした瞬間に、持っていた微々たる霊能力もさらに弱まったやろ？　みえない世界の霊能力はそんなことに使うもんじゃないしな。そうこうしているうちに力がまったくなくなってしまった。にもかかわらず、たいして霊障を受けてない人たちをいかにも霊障があるように惑わせて。あんたがやってることは、もう犯罪」

「はあ？　あんたこそインチキ霊能者やろ？　なんや二人ともグルか？　ウチを脅迫して金を巻き上げようって魂胆やな？」

　竹野内豊似の月星にインチキと言われて、凜子さんはもやもやする。

「人を呪わば穴二つ。誰かを呪術で恨み殺そうとしたら、自分も一緒に地獄に落ちる覚悟をしなあかんねん。呪い返しなんて、誰も幸せにならへん。それ、わかってやってる？」

　これまでにない凜子さんの厳しい口調に、月星が押し黙る。

「月星さん、あんた……フランスに美術留学しとったん？」

「そんなの調べればわかることです。わたしが元画家っていうのはみんな知っとることや」

「でも美術の才能はなくて、お金に困ってアクセサリーのデザインをするようになって、パリの街角で自分で作ったペンダントとかを売るようになったんか？」

それは誰にも知られていないことらしく、月星の顔が「ヘッ？」と歪（ゆが）んだ。歪むとせっかくの竹野内顔がダメになる。

「銀の三日月形のペンダントヘッドの先に、人工の誕生石を埋めこんだものが、すごく売れたんやろ？」

月星は顔色が変わっていた。いつもの威勢のよさがふっと消えた瞬間だ。

「その頃さ、とてもいいアクセサリーの神様がついてたんやって。あんたの守り神様のおひとりやな。その人があんたに、日本に帰って悩める人を誕生石のアクセサリーで励ましてあげなさいって、言ったんちゃうの？」

「は？　え？　なんで、そこまでわかるん？」

「だって、ほら、通りすがりの霊能者やし。あんたも二十代や三十代は――まあ、わたしほどやないと思うけど――人の色んなことが『みえて』たやろ？」

「せやけど……四十代になって、プッツと何も見えなくなった」

「そりゃ、ヘンな商売始めるしやん、アクセサリーの神様が見限ったんやろ」

「ヘンな商売とちゃう！　わたしだって相談者の力になった！」

「月星さん、パリにいた時、かなり年上のフランス人女性とつき合ってたやろ？」

「は？　なんや、なんでそんなことまで見えとぉんやっ」

「あんたが間借りしてたアパルトマンの上の階の女性やんね？　彼女、お気の毒にあなたが日本に戻ってしばらくして病気で亡くなってしもてん。その人がわたしに、ヨーイチの仕事をやめさせてって、頼んどぉわ。あなた、本名ヨーイチっていうん？」

初めて月星が、痛みのわかる人間らしい表情で深い後悔を示した。

「亡くなった……？　彼女が？　日本に呼び寄せようとしたけど……手紙を出しても返事がないし、電話もつながらへんから、もう関係は終わったと思っとった……」

「ヨーイチの今やっていることが、すごく悲しいって……そんな生き方しないで、昔のあなたに戻ってって、ず──っと言ってはるねんけど」

凜子さんは月星の後ろにぼんやりついてきているその女性の言葉を代弁した。

「そんなこと言われても……ここまできたら……わたしかて、もうどうにもならないやん……どないしろっていうんや」

「簡単なことやん。多額なお金をとった人たちに、全部返し。だって、秘儀とかで使ったお金は、相談者の運気がよくなったらスコーンと返ってくるんやろ？　じゃあスコーンと返してあげーよ！　あんたなら何でも言えるやん。『あんたの不安、恨み、呪い、すべて解消や！　お金もあんたのところに帰りたいって言うとったわ。もらっといてやりぃ！』とでも言うて、返してあげたらええだけやん」

「はぁ？　そんなことで許されんやろ？　アホなこと言わんとき」

「許されるか許されないかは知らんよ。でも、不正は正さなあかんねん。あと、鑑定料高すぎ！　弟子レベルはもっと安くせなあかん。あんたも同じ。なに二十分三十万円って？　ウケすぎるわ。って言うかバカなの？」

月星はこの時、すがるような目で、凜子さんを見た。

「あ……あの……ほな、わたし……アトリエは続けててええんかなぁ……あんた警察に通報するんちゃう？」

「そんなんせぇへんけど。あんた、ちゃんとしたまっとうな占いで生きていったらええやん。最初にみんなを勇気づけた誕生石のアクセサリーで、店を繁盛させること考えたら？　派手な商売はできなくなるし、いつかあの三階建てのビルを出て、もっと小さなアトリエで地道な占いをするようにした方がええ。心が傷ついている人たちに寄り添ってあげなあかんわ。霊障とか未来永劫祟られるとか、そういう言葉は金輪際、封印やしなっ。あとヘンなお香焚くのやめ!!　あれ、脱法ドラッグ混ぜとぉやんか」

鬼の形相で凜子さんが捲し立てると、いきなりその場で月星太陽がひれ伏した。

「す、すんませんでしたっ！　先生っ、あのっ、わたし、もう一度ゼロに戻って、やり直しますわ！　もうインチキはせぇへんことにしなあかん。あの、先生、わたしはほんまに悪どいことばっかりしてきてしもたけど、これから色々とご指導いただけないやろかっ！　やっぱわたしも、ほんまもんの占いがしたい」

この月星の言葉に嘘（うそ）はなかった。凜子さんにはそう見えていた。

たぶんこの男は凜子さんの告げた道筋で、またやり直すだろう。

「ゼロに戻ってっていうのは、まだまだやけどな。ゼロに戻るまでに二、三年かかるつもりで、頑張ったらええんちゃう？　儲（もう）けばっかり考えたらあかん。あと、ワールドなんちゃらツアーとかいいかげんなこと言うてゴルフばっかりしてたらあかんで」

図星だったのか、月星は「ひ――」っと声を上げると、みっともなくその場に座り込んでしまった。

そんな月星を置いて、凜子さんは歩きだした。

「あっ、あの……すんません、先生っ、お名前だけでもちょうだいできませんか？」

背を向けて歩いていく凜子さんに、月星が叫んだ。

「だから、私はただの通りすがりの霊能者っていうてるやん……たまに河原町のアトリエ見に行くから、いいかげんな経営してたらあかんで。次はマジで『潰しにかかる』しな」

何とも恐ろしい言葉を吐いて、振り向きもせずバイバイと手を振ると、凜子さんは山道を走って下りる。

咲子さんも慌ててそのあとを追った。にぬきを抱いたままなので、後（おく）れをとってしまう。そしてかなり下ったところに黒いベンツが停めてあった。

「咲子さん、乗って乗って。あのおじさんにつけられるとかめっちゃ嫌やし」

凜子さんは、月星の車から離れたところに停車させたベンツの扉を開け、咲子さんとにぬきを乗せると、真っ暗で細い山道を爆走して町へ下りた。時々、そのベンツが道の端の木の枝にこすられているのがわかる。持ち主のあのクールなお兄さんに近々「ナイト・ジュエラー」を出禁にされるのは決定だ。

「凜子先生、今回はすごいミッションでした……今日という今日は、私、ダメだと思いました……まだ『魔界の蓋』（『一教授はみえるんです』一巻第一話参照）を塞いでた時の方がよかったです……」

咲子さんはまだ荒い息遣いだ。しかし、考えてみれば『魔界の蓋』を実際塞いだ凜子さんにとっては、あちらのほうがよほどキツいミッションだったんじゃないだろうかと思う。

「わたし、咲子さんが危険な時は、いつでも出てくつもりやったんよ」

「いやもう今日こそ、死ぬと思いました。穴を掘りながら、過去の記憶が走馬灯のようにかけめぐりましたよ」

助手席でにぬきを抱いたまま、咲子さんはトーンダウンだ。なかなか浮上できない。

「ごめんごめん。わたし、どうしてもああいうインチキ霊能者って許されへんねんな。でもこんな危険なミッションに関わらせて、申し訳なかったわ。お詫びになんと、今日はこれから『しょうざん・わかどり』予約してんねん。もういやってほど、焼き鳥、むしり焼き、とり皮の酢の物などなど食べてくれたらええわ！　運転代行も頼むし、おいしいお酒、二人でじゃんじゃん飲も。もちろん、わたしのご招待。個室もおさえて、にぬきもこっそり同席オッケーもらってある！」

それを聞いて、咲子さんがようやく笑顔に戻った。

見ると、ダッシュボードにiPadが無造作に置かれていた。

それにはこのあたりの地図が映っているが……。

「あの……これ、どうしたんですか？」

「あ、これ？　ほら、ハリーポッターで『忍びの地図』ってあったやろ？」

こう見えて咲子さんは、かなりコアなハリポタファンだ。忍びの地図と聞いただけで、目が輝いている。

「ええ、もちろん知ってますよ！　人の現在地や動きがわかるやつですよね？」

「わたし、これで、Googleマップ使って気持ちを集中させると、だいたい咲子さんがどこにいるか、見えてくんのよ」

「へえっ！　『忍びの地図』みたいに『われ、ここに誓う。われ、よからぬことをたくらむ者なり』とか呪文を唱えると、地図が浮かび上がっちゃうんですか？」

「……じゃなくて、フツーに電源入れてマップ出すだけ。とにかくひたすら咲子さんのことを考えてフォーカスすると、地図にぼんやり光が当たって、なんとなく見えてくんの。これした後は、とにかくめっちゃ疲れるけど」

「うわあ……凛子先生の『忍びの地図　Googleバージョン』なんですね……」

咲子さんはとんでもない目に遭ったことも忘れ、マップをうっとり眺めた。

「でも、だからといって誰でも探そうと思わへんし。親しい人じゃないと、しんどすぎて嫌やねん」

「えっ！　ということは私、凛子先生のかなり親しい人なんですね！　あ、なんかすごく嬉しくなっちゃう。涙でそう……」

ホッとし過ぎたのか、冗談でなく咲子さんは目尻を押さえている。

ベンツのフロントウィンドウに、いつのまにか小雪がピシピシ当たり始めていた。

「雪かあ……寒いはずやわ。ホワイト・クリスマスやんか。でも大丈夫、うちには床暖があるから……もう、こわいもんなしやわ」

凛子さんは思いっきりアクセルを踏んだ。ワイパーをゆっくりと動かす。

目指すは大好きな鶏料理屋さん。


今年も残すところ、あと一週間。

人助けで運がチャージされ、新たな喜びが舞ってくるといい——ちょうどこの雪空みたいに、ちらほらと。

メリークリスマス、そしてハッピー・ニューイヤー。

世界中のすべての人に、心穏やかな日が訪れますように。

第二話 はぐれ神

一日一善

キーン……コーン……カーン……コーン……。

烏丸大学構内に、四時限目終了を知らせるチャイムが鳴り響いている。

太陽はかなり西に傾いているが、ひと月前の師走と比べると、日の入りは日一日と遅くなっている。外に出ると空気は刺すように冷たいものの、明るい陽射(ひざ)しを見ているだけで心がほぐれてくる。

凜子(りんこ)さんが講義をする壇上脇の窓際では、バギーの中、モフモフ犬のにぬきが目を覚ますと伸びをしながら、

「オ〜ン……オ〜ン……オ〜ン……ウォ〜〜〜〜ン……」

とチャイムに合わせて遠吠えしていた。

今日は新年を迎えて初めての、ここの講義室を使う日。凜子さんはにぬきを授業に同席させていた。冬休み中にヘンなものが大学構内に住み着いていないか「魔物探知犬」のにぬきにチェックさせている。しかしこのまったり具合を見ると、ひとまず講

義室に問題はなさそうだ。

　にぬきがいるだけで学生はほがらかになる。もちろん犬が苦手な人もいるかもしれないが、だいたいが幸せそうに授業に耳を傾けてくれる。たまにこの大きなモフモフを膝にのせて授業を受けているコもいる。動物セラピーとでもいうのか、にぬきはいつもなかなかいい仕事をしている。

　そんなにぬきは、一(にのまえ)教授の『二』をイチと読み、それを英訳してONEとなり、プラス鳴き声にかけて『ワン教授』などと呼ばれている。かなりひねりのきいたニックネームに、にぬきは満足そうだ。

「はい、今日の講義はこれで終わり。新年迎えて初めての授業やし、日本のハレの日の食べ物について話したけど、来週はヨーロッパのハレの日の食べ物について考えることにしよかな。日本は鴨(かも)ローストやけどヨーロッパでは七面鳥、みたいなやつ。食文化からヨーロッパ人を考察しよ」

　そう言うと凜子さんは一礼し、くるりと後ろを向いて黒板消しに手を伸ばした。

　するとこの広い講義室の中、窓際、前から三番目の席にいる男子学生が、にぬき入りのバギーを押しながらやってきて、

「先生、僕が消しておきますよ。お疲れ様です。ワン教授もまたね」

　と、爽やかな笑顔で言うのは、いつ見てもキラキラしている東京出身の男子だ。小

学校から高校まで青山学院に通ったというが、大学からは心機一転、関西の文化を学びに烏丸大学にやってきた。

「高藤くん、いつもありがとね」

スラリと背が高く、四分の一ほど外国の血が入っているとかで淡い色の髪をしている。瞳も薄い茶色だ。フードのついた長めの黒のダウンジャケットがよく似合う。その下はGAPのピンクの半袖Tシャツだけだ。ピンクが似合う男子は、そうそういない。靴はくるぶし丈の編み上げブーツで、コンバットブーツというらしい。恐らくこの民俗学の講義にくる学生さんの中で一番モテる男子だろう。しかし本人はモテる意識はなさそうだ。とにかく優しく、よく気が回り、それをすべての女性に行うものだから勘違いする女子が続出で、例えば一度たまたまカフェテリアで同じテーブルになりコーヒーを一緒に飲んだだけで、自分に気があると思い込むファンの多いこと多いこと……。

ゆえに高藤くんは、今日もたくさんの生霊を肩やら腕にはべらせていた。それを見た凛子さんは、一日一善ということでササッと祓ってあげている。

祓っているのを見ながら、にぬきは、

「ヴゥ〜ウォンッ……ウォンッ……ウォンッ」

一人祓い、また一人祓い、というタイミングで、合いの手を入れるように鳴いている。高藤くんは冬休みになにか罪深いことでもしてきたのか、いつもより多めに生霊をつけてきていた。

一方、そうとは知らずに祓われている本人は、

「え……っ、あ……あれっ？」

と言いながら、黒板を綺麗にしつつ、肩をゆすったりしている。

たぶん、なんとなく身も心も軽くなっているのではないだろうか……。

「凜子先生、僕、先生の授業を受けると、いつもその後、な――んか元気になるんですよね――」

他の学生さんは、凜子さんのことを一教授とか一先生とか呼ぶのだが、彼は初対面の時から凜子先生と名前で呼んでいた。そういうことがサラっと言えて、しかもそれがすごく自然で誰に対しても垣根がない。

ふと見ると、その高藤くんのファンなのか、一人の女子学生が、さっきからモゾモゾゆっくりと帰り支度をしている。恐らく高藤くん待ちだ。凜子さんは気をきかせてあげようと、にぬきのバギーを押しながら、

「じゃーねー、ありがと。では、また来週～」

と言いながら、さっと講義室を出たが、その女子学生が待っていたのは、高藤くんではなく凜子さんだった。彼女は廊下に出た凜子さんを追いかけてきた。

黒髪の肩下までのおかっぱで色白、黒目がちの可愛らしい女子学生さんだ。クリーム色のハーフコートに、グリーンのチェックのフレアースカートをはいている。

講義はいつも熱心に聞いていて、きちんとノートを取るので、試験前になると彼女のノートのコピーが、大勢の学生さんに渡っていた。気がいい子でいつも笑顔で、誰にでも優しくおおらかにノートを貸してしまう、そういう性格の子だ。

「先生……あの……えっと……実は……私……」

いつもニコニコしているところしか見たことない彼女が、今日は珍しく思いつめた表情をしていた。凜子さんはざっと彼女を霊視したが、特に問題はなさそうだった。

「なんやな？　花蓮ちゃん」

福谷花蓮。京都出身の地元っ子である。

「私、英文学部なんですけど、一教授の民俗学、一番好きな授業でした」

「え？　なんでそこ過去形なん？」

「私、先生にお別れを言おうと思って、大学にきたんです」

「え？　お別れ？」

「えっと……今日で大学をやめようと思って……」

「やめるって、花蓮ちゃん三年生やん。あと一年で卒業やんか。どうしたん？」

「父の店が……閉店することになって……今住んでいる家の土地、半分売りに出すんです。もう私、大学に通っている場合じゃなくって」

「お父様、確か料理屋さん、やってはるんやっけ」

「はい、去年の秋、ちょうど店を大改装したところなのに……年末、疲労がたたって倒れてしまったんです。もうずっと絶対安静なんです……お医者さんいわく、回復しても右半身にしびれが残って板前として続けるのは難しいって。今、お店はずっと閉めてて、若い板前さんたちは知り合いのお店で働いてもらうことになったんです」

「それって大変やん……お店、どこにあるん?」

「祇園四条にある『たん福』です」

「え――――っ!『たん福』? あのお店、行こう行こうと思ってたのに――――っ」

美味しいもの好きの凜子さんは、絶叫する。なるほど、彼女の苗字は『福』谷だ。

「ちょっと待って。そんな話やったら、まずわたしの研究室に行こう。ちょっと力になってくれそうな人のアテがあるねん」

そう言うと凜子さんは、スマホを取り出し、緊急呼び出しをかけた。

＊　＊　＊

「凜子先生っ、どうされましたかっ。まさかまた真空パックの冷凍ローストビーフを電子レンジで加熱しすぎて、爆発させましたかっ!?」

ノックもなく、雑巾片手に一教授研究室に飛び込んできたのは、富士宮咲子(ふじのみやさきこ)さんだった。あまりに慌ててきたのか、カシミアのコートのボタンをすべて掛け違えている。仕事終わりで一息ついていたのだろう、口の回りがギラギラ光ってる。たぶん最近ハマっている昔懐かしいパン屋さん「マンハッタン」の「あんバタ」を食べていたのだ。あんバタはソフトフランスにバターと餡子(あんこ)をたっぷりぬった超人気商品だ。十一時半頃から店に並ぶので、咲子さんは昼休みによく、JR丹波口(たんばぐち)駅近くのお店まで車で急行している。

「あ、咲子さん、今日はわたしちゃうねん。あのね、こちらわたしの民俗学のクラスの学生さんで、福谷花蓮ちゃん」

花蓮ちゃんは、咲子さんの慌てっぷりにちょっと引いてしまったのか、

「こ、こんにちは、どうも……」

と頭を下げることしかできない。

「花蓮ちゃんのお父様、実は『たん福』の大将やってん。でも今、ちょっと具合が悪くて入院されてて、もうお店閉めなあかんとこまで来てはるって話でさ……」

「えええ――――っ!! な、なんでっ!? 天然とらふぐがおいしくて、今度、『たん福』行きましょうって、凜子先生、言ってましたよね? 私、持ってる某IT

会社の株が急上昇で、そろそろここで利益確定しようと思ってたので、そのお金で豪遊予定だったんですよ!!」

　咲子さんはどうでもいい細かい個人情報をさらけだしていた。

「え、なに、咲子さん株やっとぉん？　そんなんずるいわ。わたしは株やりたくても、できないのに」

「え、なんで、できないんですか？　やればいいじゃないですか。よかったら教えますよ。えっと、ちょっと待って下さいね、今一番の買いは……ですね……」

　咲子さんはスマホを取り出し、東証（とうしょう）プライムお勧め企業ラインナップを見せようとしていた。

「いや……ほら……ちゃうやん……わたし『みえる』やんか。だいたい新年の社長さんの挨拶や訓示を見てると、その会社がどうなっていくかってわかるわけよ。株価の推移も半年先くらいまで読めてまうやんか……数字が浮かぶっていうかさ、いわゆる脳内一人インサイダー取引みたいなもんやわな？　そういうズルって、ちょっと神様からのお許しもらう手続きいるから結構面倒くさいねんな……まぁだから、むやみに株には手ぇ出さへんねん」

「えー―、そーなんですかぁ!?　あ、じゃあちょっと聞いちゃってもいいですか。私、今、住菱地所の株をかなり持ってるんですけど、これ、まだ保有してたほうがいいですかね。配当は悪くないんですよ、半期ごとに結構な額がもらえて。配当率、今、三・八パーセントです。でもほら元旦那が勤める会社の株だから、持っているだけで昔のことを色々と思い出しちゃって悲しくなるから、この際、全部売って、そのお金でライバル会社の丸三（まるみつ）地所の株でも買っちゃおうかな、とか思ったりしてるんですよね……」

咲子さんはハキハキ言いながら、その実かなり遠い目をしていた。

「だからさ、咲子さん。わたしは人に株のアドバイスもせぇへんねんて。なんかズルしとぉみたいやろ？　そういうのん嫌いな神様、結構いはんねん。咲子さんには悪いけど、その辺は自己責任でお願い」

「……あ……あの……私……いったい……どうして……ここに……」

花蓮ちゃんはかなり居心地が悪そうだった。

「はっ！　ちっ、違うのっ、ごめんね。で、どうして『たん福』が閉店なの？」

咲子さんはようやく我に返り、花蓮ちゃんにたずねる。

「だーかーらー、大将が花蓮ちゃんのお父様でさ、年末に具合が悪くならはって、それからずっと入院してはって、しばらくお仕事ができそうもなくて……大将あっての『たん福』やし、もうお店閉めなあかんのちゃうかっていう話になってるらしいわ。……で花蓮ちゃんは、今三年生なのに、大学をやめるってトコまできとぉねん」

ここでようやく、烏丸大学学生課に勤める咲子さんの目が、キラリーンと仕事モードに変わった。

「どうしてもやめなきゃいけないの？　お父様の具合が落ち着くまで休学はどう？　今三年生なのよね、あと一年、どうにか通えない？　うちの大学、成績のいい学生さんがやむを得ない事情で大学をやめないといけない場合、その授業料を最大一年、待ってあげられる緊急措置あるし、その手続きは私もお手伝いできるからね。一年経って復学できなくても、その時はその時でまた考えましょうよ。返さなくてもいい奨学金制度もあるし……。あ、でも家のお手伝いをしないといけないから、大学に通う時間はないのかしら？」

咲子さんはいつだって学生さんの味方だ。学生課の仕事に燃えていて、困っている学生さんには全力で力になる人だ。

「ありがとうございます……でも、家がこんなに大変な時に、自分だけ大学に通う気になれなくて……それだったら退路を断とうと思って」

優しい花蓮ちゃんは、家族のために自分が動く決心をしていた。

「それにこの先、何年経っても大学に戻れる気がしないんです。去年の秋『たん福』を大改装したところなんで、まずその借金を返すために、今住んでいる家の庭を売らないといけなくて……母はお店のことはよくわからなくって、ただおろおろするだけで……私が頑張って動かないとあかんと思うんです」

おとなしそうなお嬢さんだが、芯がしっかりしている。

一方、凜子さんはさっきから、そんな花蓮ちゃんを目を細めてじっと見ていた。

「あ……花蓮ちゃんの家に……なんか……祠……ある……？」

霊視だ。花蓮ちゃんを通して、何かを見ていた。

「はい……祠っていうか、古いお稲荷様があります」

「それ、どなたが祀られたお稲荷様なの？」

「父方の曾祖父です。ひいお祖父ちゃんは昔、京都の市場をしきって財をなして、その時、お稲荷様建てはったって聞きました」

「今もどなたか、ちゃんとお祀りしてんの？」

「う〜ん……たぶん……毎日ではありませんけど、お正月とか、お盆とか……月初めとか……？　母がお詣りをしていると……思いますけど……」

と、言いながら花蓮ちゃんは、自信がなさそうだった。

「それ、見に行けたりする？」

凜子さんが突然言った。

「え、お稲荷様が原因なんですか？」

「ちゃうと思うねんけど、なんかひっかかんねん……」

老舗京料理屋『たん福』は、祇園四条駅近くの鴨川沿いの一等地にある。一方、花蓮ちゃんの家は烏丸大学を西入ったところからそう遠くない、昔ながらの住宅街にあるという。

そうと決まると凜子さんの白ミニは、花蓮ちゃん、咲子さん、にぬきをのせて、夕陽(ゆうひ)に向かって爆走した。

さびしいお稲荷様

途中コンビニに寄り道し、咲子さんに何やら買い物に行ってもらい、それから五分も走ると花蓮ちゃんの家に到着だ。

昔ながらの一軒家だが、周りはマンション、マンション、またマンション。たまに商業ビルがあったり、コインパーキングになっていたり……。

三十年ほど前だったら、その通りは京町家が立ち並ぶ、閑静な住宅街だったに違いない。しかし今は、その歴史ある家を相続し維持していくのが大変になっていた。

京町家は『鰻(うなぎ)の寝床』と呼ばれ、間口が狭く奥行きが深い。そうした家々が連なって街路に立ち並んでいる。花蓮ちゃんの家は、直接には建物が道に面しておらず、表通りにはちゃんと塀をめぐらせてあり、広い敷地の半分に家屋、もう半分が庭となって、かなりゆとりがある大豪邸だ。

こういうのは町家の中では『大塀造(だいべいづくり)』とか『高塀造(たかべいづくり)』などと呼ばれ、今では貴重な歴史的建造物になっている。

こげ茶色の格子の門の上には瓦でできた屋根があり、ちょっとした雨宿りもできる風流な構えだ。この正門脇の黒塀を越えて外にそびえているのは松の木。こういうのを見越しの松というらしい。

その格子の門をくぐり邸内に入ると、松の隣に桜、梅、桃などの樹木が、これから花開く季節を待っていた。その先、丸い敷石の上をたどって行くと、コケやシダの生えた土地に鹿威しのある池、その向こうにイチョウ、アジサイ、サツキ、沈丁花、南天などが植えられており、合間合間に万両、千両などの縁起のいい低木がある。季節ごとにそれらが庭を彩っているのがわかる、見事な日本庭園だ。この庭をつぶして売るということなのか……？

さらに奥へ奥へと歩いていくと、ようやく庭の隅に鎮座する朱色のお社にたどりついた。しかしその朱色のペンキはすでに色褪せ、ところどころ木肌が見えている。もう日が暮れかかっているせいもあるが、稲荷社は楠の大木の下、おそらく一日中まったく陽がささない場所で陰鬱な影を落としていた。楠は常緑樹なので、冬でも葉っぱがぎっしりついている。

凜子さんは稲荷社の前に立つと、じーっと考え込んでいた。目だけはあちこちに動いて何やらチェックしている。

石の土台を入れた稲荷社の高さは二メートルくらい。幅は一メートル以上。奥行きは一・五メートルほど。立派な稲荷社だ。ひいお祖父さまが、かなりの財をなしたことがわかる。

屋根は銅板葺き、本体は木曽のヒノキ。完成直後はきっと、屋根の銅が赤褐色にピカピカ光ってそれはきらびやかだっただろう。しかしその輝きも今は緑青により全体が黒緑に沈んでいる。

「めったにお掃除しないから、楠の葉っぱがお稲荷様の屋根に積もってしまって」

花蓮ちゃんは気まずい顔で言い訳をした。彼女自身も、母親に任せきりでほとんどここに足を運んでいなかったのだろう。

「そうよね……これってかなり高さがあるお社だから、簡単に屋根の葉っぱをはらうのもできないわよね。脚立もいるし、掃除するのも危なそう……この土台周りの土地、長年の落ち葉が腐葉土になってふわふわでこぼこですしね……」

咲子さんが助け舟を出すように言った。

今も枯れ葉が屋根にたまって、みすぼらしい感じに拍車をかけている。ここまで朽ちてくると、もう掃除をしようという気にもならないかもしれない。

しかし庭の中央は、あちこち人感センサーライトに照らされ、薄闇の中、柔らかな明るさが演出されているのに、このお稲荷様にだけその光が届かない。

凜子さんは二拝二拍手一拝してから、稲荷社の扉を開けさせてもらっていた。

榊を供える花瓶は、稲荷社の外の石の土台の上、左右に置かれているが、まっ茶色に枯れた榊がそのまま突っこんであるだけ。水はとうになくなってカラカラだ。いったい最後に榊をお供えしたのはいつだったのか。

稲荷社の中には白陶器の神具が置いてあるが、そこには水もお塩も供えられていない。陶器の稲荷紋も消えかかっている。小さな神鏡は鏡と思えないほど濁って、反射する力もない。

一番手前にお祀りしてある一対の稲荷狐の眷属像は、今時では珍しい御影石でできていた。石工の技がすばらしい。右の狐像は玉（宝珠）をくわえ、左は鍵をくわえていた。高さは二十センチほどで、首には赤い前掛けをしている。左の狐像の前掛けは、結んでいた紐が切れてしまったのかだらりと下がったままだ。

「ここ……お稲荷様……いはらへんわ……」

凜子さんが、ぽつりと言った。

「え、そんな……うちがきちんとお祀りしてないので、どこかに行ってしまわはったんですか？　怒ってはるんですか？」

花蓮ちゃんが顔を曇らせる。

その時だ。強い風が吹き、楠がバラバラと葉っぱを落とした。それがまた、稲荷社の屋根にたまる。

凜子さんはしばらく楠を見上げ、何かを見つけたのか「あっ」とつぶやいた。

「そうそう、咲子さん、ほら、さっきコンビニで買ってきてもらったやつ出してくれる？」

凜子さんは祠周りの落ち葉を手で払う。咲子さんはささっとレジ袋を開いてワンカップのお酒を取り出すと、キャップを開けてお社内にお供えした。ミネラルウォーターのキャップも開けてお供えする。粗塩は、お酒の蓋のプラスチック容器にうず高く盛った。次に油揚げのお稲荷さん、そしてお赤飯のおにぎりを並べていく。

凜子さんは再度二拝二拍手一拝し、祝詞を奏上し始めた。咲子さんと花蓮ちゃんもそれにならって目を閉じ、手を合わせた。

凜子さんは何かとおしゃべりしているようだった。ボソボソ話したり、うなずいたり、両手をきちんと合わせて頭を下げたりしている。そんな時間が五分ほど続いただろうか、凜子さんがくるりと振り返って、花蓮ちゃんに言った。

「やっぱり、お腹が空いたって言うてはるわ」

凜子さんの言葉に、花蓮ちゃんが「えっ？」と聞き返す。

「お腹が空いたし、ほったらかされてるし、ここは一年中薄暗いし、寂しすぎてほんまに嫌やって。帰りたい帰りたいって、ずっと言うてはる。このお稲荷様は阿吽の対でこちらにいらしたみたいやけど、前掛けが切れてる鍵をくわえたお稲荷様は、もう

「いはらへんみたい」

「いはらへんって、お稲荷様がですか？　帰りたいって、どこに……？」

花蓮ちゃんは、やっぱりあの噂は本当なんだ、と若干パニックになっていた。

一教授の霊能力の話は大学の噂で聞いているからこそ知ってはいたが、今言われたことが事実なら、これが諸悪の根源と考えるしかなかった。

その時、海老茶色の紬の着物にモヘアで編んだ深緑の大判ストールを羽織った女性が母屋からやってきた。花蓮ちゃんのお母様だ。髪はきちんとまとめているが、白髪が隠せていない。五十代後半か六十代か……。かなり疲れた様子だ。背が低く痩せていて、小柄な花蓮ちゃんよりさらに小さい。目の下にクマを作っている。今、どれだけ大変なのか、見ていてよくわかる。

「お母さん、こちらがさっき電話で話した、烏丸大学の民俗学の一教授で、こちらは学生課の富士宮咲子さんです。で、このワンちゃんが、いつも話してる授業に出てくれるにぬちゃん」

花蓮ちゃんが二人と一ワンをお母様に紹介すると、にぬきは「ウォンッ！」と元気よくご挨拶だ。尻尾も左右にヒタヒタ動かしている。バギーは白ミニに置いてきたので、リードもなく自由きままに日本庭園を楽しんでいるが、決して悪さはしない。

「うちの娘がいつも大変お世話になってます……今日は何のおかまいもできなくて、

すみません……」

お母様はすべてに落胆しすぎて、誰とも目が合わせられない。虚ろな眼差しだ。

花蓮ちゃんが大学をやめて家のために動かないといけない、という気になった意味がようやくわかった。

「こちらこそ、今日は大変な時に急にお稲荷様を見せてもぉて、ごめんなさい」

凜子さんは頭を下げた。するとにぬきも伏せをして頭を下げる。

「お酒……お水……お塩……お稲荷さんにお赤飯……お供えしてもろて……ほんますんません」

ぼろぼろの稲荷社の前に置かれたお供えを見て、お母様はため息をつく。そして「すみません」ばかりを繰り返している。

「こんなるまでお稲荷様を放っといたんやね……ホント……あきませんわ……バチがあたるはずやわ」

呆然(ぼうぜん)とつぶやいている。

「あ、それはちゃうんです。お稲荷さんはバチなんてあてはらへんし。そういうのんって、わたしらの思い込みみたいなもんで」

凜子さんは慌ててフォローする。祟りというのは自分の良心が自分を責めた結果で、その良心の呵責(かしゃく)が勝手に自身を滅ぼしていくことだ。神様からの罰ではない。

「いえ、私がもっと家のことをちゃんとして、主人の力になってたら、主人も倒れることはなかったんやと思うんです。きっとお稲荷様のお怒りに触れたんやわ……」

「だから、そういうのんじゃないんです。お稲荷様はそういう怒り方はしはらへんのです。それにほら、こちらのお屋敷、入り口玄関の格子戸の上の黒瓦のところに、立派な鍾馗様の像、お祀りしてはるでしょ。あの瓦人形の鍾馗様、疫病除けの神様なんやけど、悪いものが入り込まんようにガッチガチに結界はって、この家を守ってくれてはりますし、ゼンゼン問題ないんです」

凛子さんの話を聞いて、咲子さんが初めて知るその事実に目を輝かせた。

「凛子先生、そんな神様がいらっしゃったこと、私まったく気がつかなかったです。あの……でも、鍾馗様って、昔よく子供の日の兜飾りと一緒に飾られていた鍾馗様のことですか？」

咲子さんは、知らないことはきちんと知っておきたい性格だ。好奇心旺盛である。

「そう、最近はあんまりないかもしれへんけど、昔は鍾馗様だけじゃなくて桃太郎とか金太郎とかのお人形もガラスケースに入れられて、五月人形と一緒に飾ってあったやろ。京都の鍾馗様は子供の日だけの神様じゃなくって、あっちこっちの屋根の上によぉいはんのよ。マンションのベランダのフェンスとかにもいはったりするねん」

凛子さんは、お母様と花蓮ちゃんの顔を見て言った。

静岡出身、東京住まい三十年の咲子さんにとって、それは初めて知る衝撃的な京文化だった。今まで市内を歩いていて、その神様に気がついたことはない。

「ほんまそうですね。鍾馗様は魔除けの効果があるいわれてるし、昔は入り口の小屋根の上にのってはりましたわ……うちは古い家やし、鍾馗様が祀ってあるのが当たり前すぎたけど……そういえば最近の新しいおうちなんかは、のってはらへんね」

お母様がぽつりぽつりと話してくれる。

「でもお母さん、鍾馗様って髭面でむさ苦しくて怖い顔やし、ちょっと閻魔様みたいやし、小さい時はうちの鍾馗様と目ぇ合うのん、怖かったわ……」

花蓮ちゃんが言った。

「でもさ、その鍾馗様が、三十センチ足らずの小さなご神体で、花蓮ちゃんのお家を守ってくれてはんねん。わたしがこの家に入る時もさ、鍾馗様とガッチリ目が合って、めっちゃ品定めされたもん」

凜子さんがため息まじりに言った。鍾馗様から見た凜子さんは、ただただアヤシイ人なのだった。

「し、品定め、ですか。もしかして私も？」

咲子さんが聞いた。

「そりゃそうやん、そんなん絶対やねん。ヘンなもんがお家に入り込まんように、ハイテクセンサーよりすごいレーザー光線みたいな目でチェックすんのよ。で、『お稲荷様のことで来たんで、そんな疑わないでくれる？　わたし、この家の力になりたいんです』って、言ったら、しぶしぶ通してくれはったわ。ほら、格子の門をくぐった時、風もないのに見越しの松が揺れてたん、見た？」

凜子さんの言葉に、咲子さんは「う〜ん」と押し黙ってしまう。

「ですからお母様……わたしが思うに、お稲荷様は今回の件には関係ないんです。お母様はたぶん元々、お体が弱かったんやね？　それを心配されたご主人がお店で働かせなかったか……。でもお母様はご病気を克服されて、とてもお元気になられた。ご主人のことが心配で気落ちしてはりますけど、見たところ健康面は大丈夫。ただ、夜はちゃんと寝なあきませんね」

花蓮ちゃんのお母様はなんのことを言われているのか理解できず、怪訝な顔で凜子さんを見る。

すると花蓮ちゃんが、中に割って入って説明した。

「お母さん、一教授は霊的なことがわかる人で、私の話を聞いてもらってるうちに、うちのお稲荷様の様子が気になるって。それで今、来てくれはったんよ」

「霊視……？　それで私が今まで色んな病気をしてきたことまで見えてはったんですか？　主人が私を店で働かせなかったことも、夜眠れないことも？」

お母様はまだ懐疑的だった。そりゃあそうだ。いきなり家にきて、お稲荷さんが気になると言ってお供えものをする『みえる』人、と言われても、あやしいことこの上ない。娘の大学の教授じゃなかったら、絶対家に入れなかっただろう。

「優しいご主人様やなぁ。奥様と娘さんを何より大切にしてはる」

と言ったところで、凜子さんが「んん？」と、目を細めた。

でもこれを言っていいものかどうか、凜子さんは一瞬ためらった。

奥様と花蓮ちゃんの間にもう一人、男性の姿が見えたのだ。若い男性だ。もしかして息子さんかもしれない。でも、とうに亡くなっているのかもしれない。ヘタなことは聞けない。悲しいことを思い出させるだけだとしたら、大失態だ。

「この楠って、お母様がここに嫁いできはった頃は、まだこんな大木じゃなかったんですよね？」

凜子さんは、話題を変えた。

「はぁ……ここまでは枝を広げてなかったと思いますけど、でもすでにかなり大きかった印象ですね。夏は楠が作る日陰で、涼んだこともありました。でもこの庭も売らなあかんと思いますし、この楠もどうなることか……」

お母様は、肩を落として言う。

「不動産屋さんからは以前、土地を半分でもマンションにしたら老後安泰ですよって言われたけど、その頃はご先祖様から受け継いだ土地を売るなんて、考えてもみぃへんかった……でも主人が働けなくなった今、ようやくこの土地を売って助けてもらう決心がつきました」

「お稲荷様は、どうしはるんです？」

凜子さんが聞いた。

「不動産屋さんは稲荷神社の神主さんにお祓いをしてもらってから、きちんと撤去しますから、って言うてはりましたけど……」

凜子さんは、そこまで話が進んでいるとは思わず、なんだか悲しくなってしまう。ほっとする美しさの京町家、そして、稲荷社以外は手入れの行き届いた庭。それがすべて失われてしまうのだ。

その時、にぬきが稲荷社の周りをすごい勢いでグルグル回り始めた。時々、飛び跳ねたりしている。

凜子さんが目を細めて見ると、にぬきは宝珠をくわえたお稲荷様と楽しそうに追いかけっこをしていた。お稲荷様はたまに、にぬきの背中に乗ったり、まぁるい尻尾にじゃれてみたり、屋根の上の枯れ葉を盛大に落としたりしてはしゃいでいた。どうやらお稲荷様は、お供え物を食べて元気になったようだ。

もちろん、この情景は凜子さんにしか見えていない。咲子さんたちには、稲荷社の屋根から突然舞い散る枯れ葉は、突風が起こって吹き飛んでいるようにしか見えない。

「あの……お母様、さっき、不動産屋さんが神主さんに頼んでお祓いしてくれはるっていうお話ですけど、どちらの稲荷神社の神主さんか分からはりますか？」

「その不動産屋さんが契約している地域ごとの神主さんなので、複数名いはるんちゃいますやろか。どちらの方かはお聞きしてへんわ……近くの稲荷神社さんやろか」

お母様がそう言うと、にぬきと遊んでいたはずのお稲荷様が、お社の中に祀られている右の宝珠をくわえた狐像にシュッと入った。

『ちゃうねん！　そこちゃいますねん！』

と、首を横に振って凜子さんに訴えている。

凜子さんには今、右の狐像とお稲荷様の霊体が重なって見える。これはあるレベルに達している霊能者がもつ能力の『二重視』という現象だ。

「あの、ごめんなさい。ちょっとお待ちを。右のお稲荷様がお話があるみたい」

そう言うと、凜子さんはまたご祈禱（きとう）に入った。

今度は声に出さない祈りだった。両手を合わせ、必死に祈る。お稲荷様と通信しているのだが、凜子さんは途中から小声でしゃべりだした。

「ああ……はいはい……赤い鳥居が……たくさん重なって……視界が開けて……それからまた上って、上って……注連縄（しめなわ）が巻かれた大きな石……あ……そういうことね、わかった……」

わかった、と言ったところで凜子さんは振り返って言った。

「お母様、このお稲荷様、任せてもらっていいでしょうか？　わたしが責任持ってお納めさせてもらいますし」

いきなりの申し出に、お母様は面食らってしまう。

「任せてって……何をお任せするんです？」

「わたしが今聞いたところ、福谷家のお稲荷さんは、元は阿吽の対で二柱いはったみたいなんですが、この左の前掛けが切れている方のお稲荷さんは、もうとっくにお山に帰らはったらしいんです。で、残された宝珠をくわえた右のお稲荷様は、もう長いこところに一柱で残って福谷家を守ろうと頑張ってはったんです。でもひとりではさすがに寂しくて悲しくて、そろそろお山に帰りたいって。ただ、福谷家に知らせずに勝手に帰ることもできへんし、どうしていいのか困ってはったみたい。このお稲荷さんは、ご主人のお父様が大好きだったようですね……？」

ご主人のお父様とは、花蓮ちゃんのお祖父様だ。

「ええ、はい……そうかもしれません……。義父が初代『たん福』の主人で、一昨年亡くなったんですけど、朝に晩に欠かさず、このお稲荷様にお詣りしてはりましたから……」

「そのお義父様が亡くなって、誰もお詣りしてくれることがなくなって、めちゃくちゃ寂しかったらしいです。でも、だからといって、このお稲荷さんがご家族を祟るとか、そういうことは絶対にない、優しいお稲荷さんなんです。優しいから勝手にここを離れてお山に帰ることができんかったって。ちゃんと福谷家から契約終了の許可をもらって帰りたかったんやね。お稲荷さんはお詣りする人がいなくなったら、どんどんパワーが落ちていかはる。その結果、このお社のように朽ち果て、枯れ葉に埋もれてみすぼらしい姿になってしまったりするんです。人は勝手なもので、願いが叶(かな)ったらお願いしたことも忘れてしまったりするもんなんよね。受け継ぐっていうことは信仰も受け継ぐってことで、一代限りのものではないってこと、みんな知らはらへんねん……。あと、ご主人が倒れたのは単に過労らしい。市場への買い出しも、下ごしらえもすべてご自分でしてはったでしょ？　もっと下の人たちに仕事を任せていればよかったのに、って言うてはります」

凛子さんが言うと、お母様は言葉を失ってしまう。すべてその通りなのだろう。

「『たん福』のご主人やし、責任があるのは分かるけど、もっと下で働いてくれる人を信頼せなあかんって。それこそが暖簾(のれん)を続けていく上で一番大切なことやって言うてはる」

お母様も花蓮ちゃんも、呆然と立ちつくしてしまう。

「でも、お母様……たぶん……大丈夫……やな……」

凜子さんはじっと目をつぶって言った。

「大丈夫って、何が大丈夫なんですか？　うちの主人はこの先もう右半身が動かせないんですよっ!?」

花蓮ちゃんのお母様は、現実に引き戻されたように大きな声を出した。

「うん、とにかく大丈夫……必ず助けが来るって、言うてはるから」

「言うてはるって、誰がですか？」

お母様は困惑しながら凜子さんに目をやった。

「ん？　どなたか……若い人、かな……助けに入ってくれるって。お稲荷さんがそう言うてはりますから」

「そんな……若い人はみんな他所（よそ）の料理屋さんで働き始めてますし、もう帰ってくることはあらしません。彼らにも生活があるんですから」

「……でも、そのうちのどなたか……ちょっとそれが誰かは分からへんけど、若い人が必ず助けてくれはるそうです」

凜子さんがきっぱりと言った。

「あの……こんな見知らぬわたしが言うのも受け入れがたいかもしれませんが、こちらの宝珠をくわえたお稲荷さんは、わたしがお山にお連れしてもよろしいでしょうか？ いずれにせよこの庭はなくなってしまうし、お稲荷さんも、もうパワーがなくなっちゃってる。大楠の下では、陰の気が充満して居心地が悪すぎるし……」

凜子さんがお母様に訴えた。

「あの、先ほどから帰すとかお山とか、いったい何の話でしょう？ この右のお稲荷様の御影像をどこかの山に移してそこでお祀りしてくれはるってことですか？」

お母様はまだ困惑している。

「いえ、そういう物質的な移動ではないんですけど。この阿吽のお稲荷さんの眷属像も、こちらの稲荷社も、お正念を抜いて頂いたあと、神主様におまかせしてすべて片してもらわはったらええと思うんです。今のは形や物の話ではなくって、わたしは、このお稲荷さんの御霊（みたま）がちゃんとお山にお帰りになれるよう、お手伝いさせていただきたいだけなんです」

凜子さんがそう言うと、お母様はますます混乱した。

「ですから、この稲荷社の処分は、もう不動産屋さんに頼んでますし、先生のお手をわずらわすことはないと思いますし。お山に帰すとかそういうの、もう結構です。プロに任せてますから」

お母様はもうこの話をここで止めたいようだった。

「こちらのお稲荷さんがお帰りになりたいのは、『伏見稲荷大社』なんです。どこの稲荷神社でもいいという話じゃないんです。そのお山には、対になっている鍵をくわえたお稲荷さんがもう先に帰ってはるし。たぶん亡くなられた義理のお父様が、連れて行かはったみたいやけど」

それを聞いてお母様が形相をかえた。

「そんな……義父は……確かに……伏見稲荷大社が好きで、毎月必ずお一日のお詣りに行ってはりましたけど……」

「お母様……それでしたらまず、ここに残ってはる、こちらの宝珠をくわえたお稲荷さんも自由にしてあげませんか？」

「自由にって……そんなにうちが嫌やと言うてはるんですか？」

「嫌とかいう問題じゃあなくって……もうエネルギーがなくてヘトヘトになってはるんです。この稲荷社も眷属像もどこかの神主さんが正式にお祓いして、お正念を抜いて、ここから撤去しはるんですよね。それ自体は何の問題もないんです。でもわたしはその前に、このお稲荷さんが心から希望する帰りたい場所にお連れして、親神様のもとで元気を取り戻すお手伝いをさせていただきたいんです」

「それが……伏見稲荷大社さんということなんですか……？」

花蓮ちゃんのお母様は、ようやくもろもろのことを理解し始めていた。

「なんてこと……そうとは知らず……私はなにをやっていたのか……一先生、申し訳ありません。私たちに真心がなくて、お稲荷さんを長いこと苦しめたんですね……」

お母様は立ち尽くしてしまう。先ほどまでの怒りに満ちた表情は完全に消えていた。

「大丈夫。お稲荷さんは、今のお母様の言葉に『ありがとう』って言うてはります。あとはどうかお任せ下さい」

凜子さんはお稲荷様の言葉を代弁した。


それから一週間、花蓮ちゃんとお母様は、庭の稲荷社を大掃除すると、毎朝毎晩お供えをかかさず、今までの非礼を詫びた。そして今まで守ってくださっていたことに心からの感謝を述べた。

木肌が見えるほど色の褪せた稲荷社に朱色のペンキを塗り、屋根も磨き上げた。これから撤去されるとはいえ、ボロボロの姿で撤去してほしくはなかった。

二人は心を込めて最後のご奉公をさせていただいた。

すると早咲きのスイセンが、稲荷社の周りでぽつぽつと咲き始めた。

それがお別れの挨拶であり、福谷家が許された『おしるし』だった。

それが人生

キーン……コーン……カーン……コーン……。

今日もまた、烏丸大学構内に授業終了を知らせるチャイムが鳴り響く。

「凜子先生、お疲れ様でした。後は僕がやりますね」

今日も高藤くんは、にぬき入りのバギーを押し、凜子さんのもとへ連れていくと黒板を消し始めた。

「わたし、今日の講義、食べ物の話ばっかりしとったなぁ……お腹が空いたぁ」

今週の講義は、ヨーロッパのハレの日の食べ物についてだった。

「フランスに栗をつめたロースト・ターキー、しかもトリュフ入りのやつがあんのよ。あれ、京都のどっかのフレンチで食べられへんやろか……。デザートは薪(まき)の形をしたブッシュドノエル……カカオ七十パーセントくらいで、ちょっとブランデーの香りが漂う大人の味のやつがええわ。ああでもクリスマス終わったんやっけ？」

帰り支度をしながら凜子さんがつぶやく。その口元からよだれが落ちそうだ。

せっかくARTS&SCIENCEの素敵なワンピースを着ているのに残念だ。上半身はスッキリして、腰から下のギャザーはふんわり。肌触りのいいコットンリネンの色はシャーベットオレンジ。いつもは一つにまとめている髪も、今日は長く腰までおろして、これこそハレの日のお姿だ。

「先生、フレンチお好きなんですか。凛子先生のイメージだと、和食党かなと思ってました。先生、お料理上手そうだし」

そういうテクニックか、高藤くん。とりあえずアゲて褒めてくる。

「高藤くん、お言葉ですが、今のこのジェンダーフリーのご時世で、料理上手が女の売りだとでもいうような言い方はあかんで。私、料理はせぇへんねん。食べるの専門。おいしい店あったら絶対教えてよ」

凛子さんは包み隠さず事実を述べるタイプだ。

「うわ……凛子先生、うちの母親みたいな言い方をする。うちの母、男女平等にうるさいんです。女だからこう、男だからこう、っていうような言い方をすると鉄拳がとんできます。母も仕事が忙しくて、料理はもっぱら父の担当でした。家族でよく東京中の美味しい店を見つけては、食べに行ってましたよ」

高藤くんは、遠く離れた両親を思いだしたのか、ちょっと寂しそうな目をした。でもきっとこの寂しそうな感じで、女子のハートをわしづかんでいるのだろう。

凜子さんは高藤くんチェックをする。生霊……ゼロ体。今週は祓う必要がなさそうだ。

「高藤くんって、青山学院に通ってたんでしょ？　青山界隈は美味しい店、ありすぎるなぁ。イタリアンの『リストランテ・サバティーニ』とか、フレンチの『キハチ』とか……昔、よぉ行ってたわ。好きやったわ〜」

凜子さんは若い頃の想い出にしばしひたる。

「あ、先生、『世良美』は行ったことあります？　表参道にあるフレンチ、めちゃくちゃいいですよ。なかなか予約が取れないところですけど、僕、前におつきあいをしていた女性に連れて行ってもらったことがあります」

え、おつき合いしていた女性が……？　ってことは、女性からのご招待？　予約が取りにくいフレンチに連れて行ってくれるってことは、もしや富裕層のマダム？

あれこれ想像を膨らませた凜子さんの顔がニヤニヤしてくる。

「で、その『世良美』ってどんな店なん？」

正直なところ「世良美」より、高藤くんがつき合っていた女性の方に興味がある。

「それがですね、まず建物からすごいんですよ。表参道の裏道入ったところにある白い洋館で、元はどこかの大使館だったみたいなんですけど、今はフレンチのオーナーシェフが買い取ってやってるレストランなんです。味は日本人の舌にあわせた懐石風フレンチとでもいうのかな……。ところどころに京風のアレンジがあって、例えば霜降りの丹波和牛をボイルド・ローストして、フグの薄造りみたいにして、ワサビで頂いたり、あ、さっき凜子先生が言ってたブッシュドノエルなんか竹の形に作って、味は宇治抹茶とダークチョコレートとクリームで、隠し味に日本酒が入ってたりするんです。サラダも京野菜で作ってましたね。ドレッシングはブルーチーズと柚子(ゆず)の香りが絶妙で、一度食べたら忘れられません。僕、未(いま)だにそこのフレンチを越えるフレンチに出逢ったことがないです」

高藤くんは二十歳そこそこで、かなりのグルメだ。

「その店って、日本人のシェフなん?」

「いえ、シェフはフランス人で、パリの三つ星店で働いていたすごい方。で、独立して日本に来て、表参道に自分の店を持って、かれこれ二十年くらいになるみたいですよ。日本語ペラペラですよ」

「高藤くん詳しいね……『世良美』か……『それが人生』ってことかぁ……」

「え? それが人生って、どういうことですか?」

「C'est la vie.(セ・ラ・ヴィ)ってフランス語なんよ。英語で言うとThat's life.(ザッツ・ライフ) それが人生だ、っていう意味やねん。フランス人も英語圏の人もよう使うんよ。まあ、しょうがないよね、気にしない気にしない、っていうこと」

「そうなんですか……僕、ドイツ語選択したから……」

「その店、いつか行ってみたいわ。高そうやけどディナーでいくらくらいするんやろか」

「いくらなのかなあ……たぶんかなりすると思いますよ。だって全個室ですから」

「そのおつき合いしていた女性にご馳走してもろてんな？（個室で……）」

「そうですね……最後に行ったのがクリスマス・イヴイヴで、竹の形のブッシュドノエルが出てきて、よく覚えているんです」

「イヴじゃないんだ……」

凜子さんは思わずつぶやいた。

「はい……イヴに本命の彼氏がやっとプロポーズしてくれたみたいで、僕はそこでお別れです。彼女、幸せになっているといいな……どうしてるかな……」

「どれくらい年上やったん」

凜子さんの好奇心はもうとまらない。

「僕はあの時……十八歳で……受験真っ只中でしたね。彼女は、もうすぐ三十になるって言ってました」

一回り違う。というか受験生にもかかわらず、年上の人とつき合う余裕がすごすぎる。

「僕、青学大好きでしたから、そのまま大学に進んでもよかったんですけど、まぁ一度人生をリセットして、知らない土地で頑張ってみたいと思って、京都に来たんです」

そうか……そうなんや、能天気に見えて、結構胸の痛むこともあったんやな。高藤くん、それこそセ・ラヴィやで、セ・ラヴィ。

凜子さんは、心の中で高藤くんを何度も何度も応援した。

＊　＊　＊

この日の夕方、凜子さんの白ミニは咲子さんとにぬきを乗せ、烏丸大学を西入ったところの住宅街へと向かっていく。

目的地はまたまた花蓮ちゃんのお家だ。あれから一週間経ったお稲荷様の様子を見に行くのだ。

花蓮ちゃんは今日、講義に来ていなかった。退学をしようか休学をしようか、大学三年まではきちんと通おうか、とまだ考えているところらしい。

「でさ、うちのクラスの高藤くん、年上の素敵な女性とつき合ってたんやって。彼が十八歳の高校生の時、相手は三十歳よ……さすが元青学のイケメンやろ。表参道の予約が取れへん店でご馳走してもろたりさ。京風懐石フレンチみたいなやつやって。その店がまた美味しそうでさ」

　凜子さんは運転しながら、さっきの高藤くん話を咲子さんに教えている。

「うわあ、一回り違うじゃないですか。……あ、でも私、よく考えると全然人のこと言えない……元旦那、一回り下でした……ううう……」

　それを聞いた凜子さんはいきなりブレーキを踏んだ。

　大通りから小道に入ったところで、あたりは車は一台も通っていない住宅街なので問題はないが、あまりに突然なので、にぬきも咲子さんも、シートベルトがいきなり締まって、ヘタしたら、エアバッグが出てきてしまう大惨事だ。あともうすこしで花蓮ちゃんの家なのに……。

「なっ、なんなんですかっ、凜子先生っ！」

「咲子さんの元旦那、一回り下やったん？　え、今三十六？」

「ああ……そこ……すみません……はい……三十六……ですね」

「一回り下の男に一億円以上のマンション奪われて、年収一千万をほぼ使われて、食費も水道光熱費もあんたが払ってきたんかいな？」

　凜子さんの怒号が飛ぶ。

　その瞬間、咲子さんがハンカチで目頭を押さえた。

「ひゃっ……ご、ごめん……いや、だってほら、ちょっとびっくりして……」

「いえ、いいんです……私がバカだったんです……」

「いや、一回りも年下やったら貢いでみたくもなるんかもな。わたしも一度、どかんと年下とつき合ってみたらその気持ちもわかるはずや。ちょっとうらやまし、い？」

凜子さんは必死に、心にもないフォローをする。

「いえ、凜子先生は無理だと思います……その年下がどこかで浮気してきたら、そういうのすぐ、みえちゃうはずですから……」

「そんなん絶対みぃへんわ。親しき仲にも礼儀ありって言うやつ。そういうプライベートはみぃへんようにしてんねん。嫌やわ……見られてると思ってたん？」

「いやきっと見ますよ……。うん……ぜったいみるみる……。あ、ところで、その表参道の予約が取れない京風懐石フレンチって、もしかして『世良美』のことかな……？」

涙を拭いた咲子さんが言う。

「えっ、咲子さん『世良美』知ってんの？　さすが東京暮らし三十年や……わたし、そのお店、知らんかったもん。あ、でも、パリにはよぉ行くで」

凜子さんここで不要なドヤ顔になる。

「元旦那が……『世良美』に行きたいっていうから……お誕生日とか……よく連れて

行って、二人でお祝い……してました……。一人五万円くらいするディナーで、ワインなんてボトルでいれたらもうとんでもない値段になっちゃって……でも、お味は最高でした。一生忘れられない贅沢な味で、五回以上行きました。支払いは全部、私です……」

咲子さんはまたハンカチで目頭をきつく押さえている。

「わ、わかった、ごめんごめん。つまらんこと思い出させて。せやっ……ほら今度、四条大橋の東のランドマーク『レストラン菊水（きくすい）』に行こ！　南座の前にあるやつ。あのビル、国の登録有形文化財なんよ。二階のレトロなフレンチがなかなかええんよ。フィレビーフカツレツ・デミグラソース……溢れんばかりの肉汁……上品なソース……ああ……食べたい……。オーナーがソムリエやし、咲子さん、好きなワインをドカーンとボトルで頼んで、ぐびぐびいくのん許すわ。いらんこと思い出させたお詫びにご招待するわ！」

凜子さん、咲子さんのフォローに全力投球だ。

「いえ……いつも凜子先生にご馳走になってばかりなので、今度は私がご馳走させてください」

「あっ！　咲子さん、某IT会社の株、利益確定で売ったやろ？」

「凜子先生、そういうプライベートはみないようにしてるんじゃなかったんですか」

咲子さんからクレームが入る。

「いや、みてへんって……だって最初にその株を売るって言うてたの、咲子さんやんか。わたしたち、ほら『たん福』で天然とらふぐコースを頼んで、豪遊予定やったやろ？」

凜子さんは勝手に霊視疑惑を完全否定する。

「あ……そ、そうでしたよね……そうでした、そうでした」

誤解も解け、ここでようやく凜子さんは、ゆっくりとまた白ミニを発車させた。しばらくすると、花蓮ちゃんの大きなお家が見えてきた。

その時、逆方面からタクシーがやってきて、花蓮ちゃんの家の前で停まった。

三十過ぎの背格好のいい男性が、幼稚園くらいの男の子を連れて降りてくる。男児は目がぱっちりと大きくて、明るい茶色の髪がふわふわしている。

タクシーが行ってしまうと、凜子さんはそこに自分の白ミニを停めた。

男性は凜子さんたちを気にしながらも、福谷家のインターホンを押していた。

凜子さんと咲子さん、リードにつながれたにぬきは、その男性の横に並んだ。

ついついチラ見したくなるほど洗練されている人だった。清潔そうなショートカット。その涼しげな瞳に魅き込まれそうだ。意志の強そうな眉の形をしている。仕立てのいいベージュのオーバーコートに紺のチェックのカシミアのマフラーと黒革の手袋。

息子さんらしき男の子は、紺のウールのダッフルコートにズボン、温かそうな茶色のブーツをはいている。大事に育てられているのがよくわかる。

しかし、押したはずのインターホンから何の返答もない。

男性はまたインターホンに手を伸ばす。

凛子さんは先ほど花蓮ちゃんに連絡をしていて、今日これからお稲荷様を見に行くと告げているので、留守のはずがなかった。

「おかしいなぁ、居はるはずなんやけど……」

凛子さんは男性に言うと、今度は自分がインターホンを押してみた。映像はあちらに映っているはずだ。あやしいものではありません。

イケメン好きの咲子さんは、引き続きこの見知らぬ来訪者の男性をチラチラ見ている。見ながら何度も何度もあれ？　あれ？　と、首をかしげていた。

凛子さんは、またインターホンを押した。何事かあったのだろうかと心配になる。

するとようやくお母様の声がした。

『一先生、咲子さん、いらっしゃいませ、どうぞお入りください。あと、そこにいらっしゃる男性、どこのどなたか存じませんが、お引き取りください……』

お母様が、イケメンの来訪者をなんと拒絶していた。

「あ……あの、ごめんなさい……そちらもしかして『世良美』のスー・シェフじゃありませんか？」

咲子さんが門前の男性に声をかけた。まさかのナンパ？　ではなさそうだ。

「え？　そ、そうですけど……」

スー・シェフとは、フレンチでは副料理長のこと。正しくはスー・シェフ・ド・キュイジーヌ。キュイジーヌとはキッチンのことだ。キッチンで二番目に指揮を執る、ヘッド・シェフに次ぐ人物だ。

男性は京都でのまさかの身バレにびっくりしている様子だった。幼い息子はにぬきに気づくと、すぐにしゃがんでモフモフ触らせてもらっている。この子はワンちゃんが好きなのか、自身もシベリアンハスキーのぬいぐるみを抱えていた。

凜子さんはこの時、何やらこのところずっともやもやしていたことが晴れる思いだった。なぜ今日の授業の後、いつもはそんなに話し込まない高藤くんと、お食事の話で盛り上がったのか。続いて咲子さんまで、なぜそのお店を知っていたのか。すべては繋(つな)がっている。

凜子さんに上からの『御用』あるいは『指令』が下りてくる時は、まず自分の周りを固められるように、色々な情報が重複して入ってくることが多い。

最初にまず、なぜ花蓮ちゃんは大学をやめることを凜子さんに相談したのか。そこからもうすべてが始まっていたのかもしれない。

そして凜子さんはようやく気づいた。一週間前、花蓮ちゃんとお母様を霊視した時に、ぼんやりと見えた男性の姿はこの人に違いない。

「あの、あなた……一緒に入りましょ。わたし、多分お力になれますから」

凜子さんは男性に言うと、共に格子戸をくぐった。黒瓦の上の鍾馗様がまた厳しく来訪者をチェックするかと思ったら、今回は先週のような厳しいレーザーもどきの視線は浴びせられなかった。それどころか鍾馗様は、明らかにこの男性と息子さんを歓迎していた。その証拠に、松の並びに生えている梅がまだ固い蕾にもかかわらず、その香りがふっと漂ってきたからだ。凜子さんはそういうのを吉兆ととらえる。

しかし、母屋から駆けつけたお母様は、玄関から出て来るなり男性に言った。

「ここは、あんたが敷居をまたいでいい場所ではないんです。どうぞお引き取りを」

どこにそんな力があるのかと思うほど、厳しい口調で言った。

「お母さん……永のご無礼、どうかお許しくださいっ」

お母さんということは、福谷家の息子さんなのか？　男性は石畳の上で正座をすると深く頭を下げた。

いきなりの土下座に、咲子さんはおろおろしてしまう。

息子さんといっても、花蓮ちゃんとは一回り以上年が離れて見える。

「お母さん、僕はいつもインターネットで、『たん福』のことが気になって見ておりました。でも去年の年末から休業が続いて、三日前にとうとうお店が閉店すると知って、お父さんに何かあったのかと思い駆けつけました」

男性は石畳から顔を上げない。その普通ではない姿を見た小さな男の子は、

「パパ……どうしたの……？　おばあちゃま……おこってるの……？」

と父親の横にしゃがみこんだ。

「あんた、みっともない姿を息子に見せたらあきませんっ。さっさと立ち上がってお帰りっ！」

お母様はまた怒鳴った。花蓮ちゃんはあまりに動揺して、いったん家の中に引っ込んでしまった。

「ああ……お母様。わたし、詳しい事情はよぉ分かってませんけど、彼がきっと福谷家を助けてくれる人やと思います」

凜子さんは言い切った。

「いえ、一先生、この子は、腐った手を持ってるんです。そんな手で料理なんてできるわけないんですっ」

「腐った手って……何の話ですか？」

凜子さんは、思わず聞いた。お母様は悲しみをにじませて話しだす。

「この子は主人の店で、跡取りやと思うて小さい時から見習いをさせてたんです。そ

れがある日突然、店のお金に手をつけて家を出ていったんです。それから何度か帰ってきては詫びを入れてきたんですけど、主人は、許すわけにはいかん、と息子を勘当したんです。わたしは主人の言いつけを守らんわけにはいかへんのです」

　お母様は辛そうな顔をしている。

「でもそれ……高校生くらい……の時かぁ……？」

　凛子さんは霊視で何が起こったのか、みているようだった。

「ご主人、息子さんだけに厳しかったんやね？　他の板前さんには声を荒らげることはないのに、息子さんにだけは幼稚園の頃くらいから、怒って怒って厳しく修業させてはったんやね……」

　凛子さんが言うと、頭を下げていた息子さんがびっくりして顔を上げた。

「息子さん、クラスのお友達と宵山に行く約束をしてて……でも、その日の『たん福』は一年で一番のかきいれどきで、猫の手も借りたいほど忙しくて、息子さんを宵山には行かせんかった……前の年も、その前の前の年も……彼は宵山には行けんかったんやなぁ。高校最後の思い出を作りたかっただけやのに、たった二、三時間の暇も、お父様には出してもらえんかったんやね。あ……しかも宵山の日の『たん福』で出す鱧料理を、息子さんがうっかり……お膳から落としてしもたんか」

　凛子さんは霊視で見たままをお母様に告げた。

宵山とは祇園祭の前夜祭のようなもの。四条通りと烏丸通りは夕方から歩行者天国となり、たくさんの露店で賑わいお祭りムードが盛り上がる。粋な浴衣姿の人があふれるように街に繰り出してきて、その熱気と華やかさで京都人は夏の本番を感じる。宵山は京都に住む人たちにとって、老いも若きも最高にワクワクする夜なのだ。

　すると、土下座をしていた息子さんが顔を上げて言った。

「違います、僕がいけないんです。宵山に行けなくてイライラして、接客に身が入らずにせっかくの鱧料理をダメにしてしまった。父が怒るのは当然です。父の鱧料理は、全身全霊をささげた『たん福』の夏の代表料理だったのに」

「でも、お父様もあなたにひどいことを言うたんよね……。もう、お前の顔なんて見たくもない、出てけって。もう二度と『たん福』の暖簾をくぐるなって……」

　凛子さんは続けた。

「父は言ったことは取り消しませんから……僕は終わったと思いました……もう家にもいられない……京都にもいられない……そう思って東京に逃げて行きました。でも店のお金を盗って……すみませんでした。本当に大変なことをしてしまいました」

　息子さんはまだ頭を下げ続けている。

　それを見た小さな男の子まで、お父さんの隣に並び、きちんと正座をして頭を下げ始めた。

「おばあちゃま、ごめんなさい……パパをゆるしてください……」

その姿を見て、お母様は絶句してしまう。

すると息子さんが顔をあげ、小さな男の子を起こして抱きしめた。涙が頬をつたっている。

「違うよ、端午は何も悪くないよ、パパが全部悪いんだから……ごめんね……ごめんね……端午は謝らないで……」

端午くん……五月五日生まれなのだろうか。

「お兄ちゃん……」

その時、玄関で花蓮ちゃんの声がした。

なんと花蓮ちゃんは、車椅子にのったお父様を玄関まで連れてきていた。

「端午という……名前……なの……か……？」

「たん福」の大将が右の唇を少しひきつらせながら、それでもしゃべった。

「おかげさまで父は今朝、退院できたんです。数日前から急に具合がよくなって、少ししゃべれるようにもなって、お医者さまがびっくりしはるくらいに」

花蓮ちゃんが、この状況を説明してくれる。

「これからリハビリをすれば、右半身もかなり動くようになるって。当初の見立てよりずっとよくなったんです」

その時、にぬきがいきなり庭の奥へと走っていった。凜子さんにはその行き先がわかっていた。お稲荷様に呼ばれたのだろう。

案の定、庭の奥の隅を眺めると、にぬきは稲荷社の周りをくるくる回っていた。また追いかけっこをしている。

お稲荷様は、先週見た時よりもっと元気になっていた。体がかなり白光してその輝きが増している。

「あなたが……花蓮の……先生ですか……お稲荷様のこと……教えてもろぉて……ありがとうございました。忙しさにかまけて……神様をほったらかしにしてもぉて……私、何か勘違いしとりましたわ……ホンマ冷たい人間でした……」

「たん福」の大将が凜子さんに言った。

「いえ、とんでもございません。わたし、前に一度だけ、『たん福』さんでお食事させてもぉた事があるんです。まだ、若かったし、ランチが精一杯の贅沢やったんですけど、あの時のお料理、今でも忘れられません。お料理だけでなく、部屋のしつらえ、生け花、器、お盆、廊下の日本画、掛け軸、すべてが鮮明に記憶に残ってます。それを思い出す度、幸せな気持ちになるんです。冷たい人間が、一生記憶に残る至福の想い出なんて、なかなか作ることはできへんと思います。ご主人は全身全霊で、お客様に愛あるもてなしをしてくれてはるんです」

凛子さんは心を込めて大将を励ました。

「それと、あの……こんなこと……わたしが言うことではないかもしれませんが……今、こうして目の前に駆けつけて下さった息子さんのお力を借りることはできませんか？　あなたの息子さんがきっと『たん福』を新しい形で生き返らせてくれると思います」

凛子さんの言葉に、その場の全員が息をのんでいる。

お母様はもう何も言えない。すべての決定は大将の気持ち一つにかかっている。

すると今度は咲子さんが、一歩前に出て言った。

「あの……私、烏丸大学の学生課で働いているんですが、去年の夏まで、東京にずっと住んでいて、息子さんが副料理長をするフレンチ・レストランで、偶然何回か食事をしたことがあるんです。そこはフレンチですが、繊細な料理法には今思えば京料理のエッセンスがちりばめられてました。お小さい頃から高三まで、息子さんがご主人から教わった京料理は、表参道で一番の、いえ、もしかして東京で一番のフレンチの店で継がれていたんです」

「世良美」での活躍をよく知っている咲子さんが、大将に息子さんの仕事ぶりを伝える。

「お願いします、お父さん、どうか僕にもう一度、京料理を教えていただけないでしょうか。おこがましい言い方ですが、僕をお父さんの右腕にしてくださいっ！」

息子さんは、玄関前の冷たい敷石の上に頭をこすりつけるようにして言った。

車椅子の大将は、奥様の顔を見た。

「あんたが決めてください……私はあんたに従いたいです」

そう言いながら、花蓮ちゃんのお母様は、さっきからずっと端午くんを見ている。

「坊や……いくつなの……？」

お母様が優しい声で、端午くんに声をかけた。

「五さい。ボク、つぎのたんじょう日に六さいになって、そしたら六月六日から、パパにお料理をおしえてもらうやくそくなの」

それを聞いたお母様は、目を涙でいっぱいにした。

昔から、六月六日は習い事を始めるのに良い日とされている。歌舞伎や能、狂言、生け花、ピアノやヴァイオリン……。本気で芸術を習いたい人たちにとって、六歳の六月六日には深い意味と思い入れがあった。

——真吾(しんご)、お前はもう六歳や。今日、六月六日から、お父さんはお前の師匠になるんや。

——僕……お父さんにお料理おしえてもらえるん？

——そうや、三代目「たん福」を継いでいくんは、お前なんや。料理は芸術や。せやさかいに今日のこの日、お料理を始めることは誓いなんや。この先いつまでも、お客様に最高のもてなしをするために、この手を常に神聖に保っておかなあかんのや。邪（よこしま）な気持ちで料理したらあかん。料理人のこの手には神様が下りてくるんや。

　神様の手、大事にするんやで。

　息子さんは、自分が六歳の時に言われた言葉を思い出し、改めて父親に許しを請うた。

「お父さん、本当にごめんなさい。僕は、この神聖な手を盗みで穢（けが）してしまって。でも、どうかもう一度だけ、やり直すチャンスを下さいっ」

「真吾……私こそ……悪かった……老舗の暖簾を守ることばっかりに必死で……まだ子供やったお前に、厳しくし過ぎたんや……堪忍やで」

　ちょうどその時、にぬきが母屋の玄関口まで戻ってきた。

　凛子さんにしか見えないが、にぬきは背中にピカピカ輝くお稲荷様を乗せていた。

　お稲荷様はにぬきから降りると、大将と奥様、そして息子さんの真吾さん、端午くん、花蓮ちゃんの周りをくるくると飛び回る。その光景が眩しくて眩しくて、凛子さんだけまともに目が開けられない。

もうきっと大丈夫。

「あの、福谷さん、わたし明日、この家のお稲荷さんの御霊(みたま)をお山にお連れしますし。どうやらお稲荷様のお仕事は終わったみたいやし。あの、よかったら真吾さんと端午くんも、一緒に伏見稲荷大社に行きませんか？　お稲荷さんがね、最後のお別れに立ち会ってほしいって言うてはるんよ」

この凜子さんの突拍子もない言葉では、「たん福」の大将は何のことかわからないのではと思ったが、

「お別れの時……ですか……」

大将はすべてを察知して、うなずいてくれた。

「はい。寂しいけど、やっぱり今夜が最後やね。どうか今宵、お稲荷さんとの時間を大切に過ごしてあげて。そしたらわたし、明日、朝一番にお迎えにきますし」

それだけ言って、凜子さんと咲子さんは福谷家を後にした。

宝珠をくわえたお稲荷様が、この家をなかなか離れなかったのは、その昔、家を出た息子さんのことが気になっていたからだろう。

最後の大仕事をして、お稲荷様は今、もう何も思い残すことがないだろう。

お山へGO！

「咲子さん、ありがとね。いつもわたしの御神業につきあってもらって、助かるわ」

御所南を出たオリーヴ色のレンジローバーは、先ほど福谷家で真吾さんと端午くんをピックアップして、朝焼けの京都の街を駆け抜けている。突き抜けるような快晴。氷が刺すような冷たい風すらも気持ちがいい。

この車はイギリスのランドローバー社が生産した高級4WD車で、咲子さんが元旦那のマンションから奪還してきた愛車だ。

今日の運転は咲子さんに任せている。

「昨日は本当にありがとうございました。あれから父とよぉ話し合って、これからの『たん福』を立て直していくことになりました」

ようやく関西弁が出てきた真吾さんが言った。

「お店の名前『たん吾』にしたらええのに。平仮名の『たん』に真吾さんの『吾』」

助手席に座る凜子さんが、クスッと笑いながら言った。

「えっ……それ昨夜、父も同じことを言うてました。でも、そんなのはダメです！」

真吾さんはかなり恐縮してしまう。父親とはいえ「たん福」の大将は、今でも彼の師匠だ。

「でも、これからの『たん福』は、フレンチのテイストをくわえた、新しい京料理に挑戦するんちゃうの？　新たなスタートやし、名前も新しく変えた方が絶対ええやん！　京都は伝統と改革・革進の街なんよ」

「うわ……それ……父も同じことを言うてました……」

真吾さんは重ねて驚いてしまう。

「祇園四条に『世良美』みたいな料理店ができたら、私、足繁く通っちゃいますよ！」

運転中の咲子さんが横から言う。「世良美」には別れた旦那さんとの悲しい記憶があるが、そのあたりはとりあえず忘れている。

そしてなんと「たん福」の莫大な改装費用は、真吾さんがすべて払ってくれることになった。いつか自分の店を持ちたいと考えていたので、その貯金をすべて「たん福」の改装費用にあててくれるという。

ということは、あの美しい京町家も売らないで済む。それなら引き続きお稲荷さんにいてもらってもかまわないのでは、と思うのだが……お稲荷さんの気持ちはもう決まっていた。

「何かあった時は、ちゃんと呼べば飛んできてくれはるし、お稲荷様がお山に帰られても心配せんでええしね」

凜子さんは、後部座席に振り向いて、真吾さんと端午くんに言った。にぬきはその真吾さんと端午くんの膝の上でヘソ天で寝そべっている。よく見ると、そのにぬきの上に乗った、福谷家の宝珠をくわえたお稲荷様もヘソ天だ。

「お稲荷様はさ、日本人が一番近しく愛した神様なんよ。お社がなくたって、福谷家のことは忘れへんねん……こっちが忘れへん限り、ね」

凜子さんが言うと、宝珠をくわえたお稲荷様がほわーんと金色の光を発した。あのボロボロだったお稲荷様が、昨日は白に発光し、今朝は金色に輝いている。昨夜、福谷家でのお稲荷様とのお別れの宴で、皆の心が一つになったしるしだろう。このお別れは決して悲しい別れではない。

「ねえ咲子さん、この車、重力かかってきてるやろ？」

凜子さんが、またわけのわからないことを言い始める。

「そう……ですか……？　今日は久しぶりに四人と一ワンを乗せてるから……？」

「ちゃうよ。日の出とともに走り始めてから、今、車体が相当重くなってるやろ」

「あの……凜子先生、伏見稲荷大社に行く前に、京都の碁盤の目の中をできる限りあちこちくまなく巡ってほしいっておっしゃってましたけど、私、かれこれもう二時間くらい、あちこち走ってますよね。それって福谷家のお稲荷様に、京都市内を見せて差し上げるための最後のドライブかな、と勝手に思ってましたけど。何か他の意図がありました……？」

しかしこの咲子さんの問いに、凜子さんから明確な返答はなかった。

「わたし、可愛い車に乗ってみたかったから白いMINIを選んだけど、やっぱり大勢のせると重くって狭くって走らへんねん。しかもコンバーチブルやから、夏とかオープンエアにしておくと、せっかくピックアップしたげたのに風に吹かれてうっかり飛んでっちゃう方もいはるし。危ないやんなぁ」

「お……大勢……重い……？　狭い……？　ピックアップしたのに、幌開けると飛んでいく……？」

咲子さんは凜子さんの言葉をリピートしながら、ようやく自分が今朝から何をやっていたのか、うっすらわかってしまった。

「やっぱり大きい車じゃないとあかんわ……このレンジローバー最高やん。でも、もうひとつ上をいくならベンツのゲレンデって、もっといい仕事をするわー」

「はあ!?　ベンツのゲレンデなんて、どんだけ大きい車が必要なんですかっ！」

咲子さんは呆れてしまう。

「わたし、トランクのない車、排気量が多くて……四輪駆動のがええねん……あ、あそこにいはる。ほら、はよ乗っといで」

そう言うと、凜子さんは遠くの四つ角に向かって、何やら目配せをしていた。

「あっ、な、何っ……凜子先生……今、何しましたっ？」

助手席の凜子さんの怪しげな行動に咲子さんもようやく気がついた。

「も、もしかして、今朝からずっと、街中の地縛霊に『霊上(たまあがる)』してます？」

「霊上」とは、いわゆる除霊のようなことだ。

「ちゃうちゃう。咲子さん、今日はご神事なんよ。地縛霊の方々はまた日を改めなあかん……」

「でも先生、今、目配せしてましたよね？」

「うん、まあ……今日はわたし、お稲荷様の日って決めてるし、街中ではぐれてはるお稲荷様すべてに声かけさせてもろぉて、これから一緒にお山にいって、解放してあげられたらなあって……もう、かれこれ三十柱近く、このレンジローバーに乗せてるけどさぁ……さすがに重くない？　ていうか、わたしかなり息苦しいんねんけど」

そう言うと、凜子さんはレンジローバー内をあちこち眺めていた。真吾さんは当然、凜子さんが何の話をしているのかまったくわからない。

この凜子さんが言う「お稲荷様がはぐれている」とは、福谷家のお稲荷様同様、街中にある稲荷社のお稲荷様がすべて手厚く祀られているとは限らず、家の隅っこで朽ち果てているお社も多く、そういうところのお稲荷様はたいがいパワーダウンしていて、家を守る力もなくなっていることが多い。その状態をさす言葉だ。

凜子さんは、そんなお稲荷様たちにお声がけをして、すべての稲荷社の総本宮である伏見稲荷大社への里帰りを促していた。

「ああ……それで……それでなんですか……はい、重いです……さっきからガソリンの減りがいつもより早いなあ……絶対ヘンって思ってました……」

咲子さんは内心、頭を抱えてしまう。

「うん、この車、もうぎゅうぎゅうやし、そろそろお山に行こかな。行き倒れてた神さんたち、結構乗せられたし」

凜子さんが言うと、咲子さんは静かにうなずいた。それから凜子さんは助手席の窓を開けると、まだ寒い一月の京都の街に向かって言った。

「もうよろしいですかー？　乗りそこねた方、いらっしゃいませんか――っ？」

しばらくあちこちの方角を丁寧に眺めてから、凜子さんはやっと窓を閉めた。

＊　＊　＊

そうこうしているうちに、咲子さんが運転するレンジローバーが伏見稲荷大社前の駐車場に到着した。

この神社は京都駅から電車でたったの五分だ。まだ朝早いので、参拝客の姿はまばらだ。駐車場も空いている。お土産屋さんも開いていない。

「さあ着きましたよ……みなさま、ぎゅうぎゅう詰めで、すみませ〜ん」

凜子さんが、京都の街中からお声をかけさせて頂き、お山ツアーにご参加してきたお稲荷様たちにそう言って車を出ると、続いて真吾さん、端午くん、にぬきが車を降りた。そして咲子さんが降り立つと、それまで突き抜けるようなお天気だったのに、いつのまにか空には黒雲が広がっていた。

「凜子先生、これってこれって、もしかして……」

にぬきをスリングに入れ抱きかかえている凜子さんと、咲子さんが空を見上げた。

「そうそう！　やっぱり絶対くるよな……歓迎の……しるし……」

凜子さんはにぬきのモフモフ頭をダウンコートの中にすっぽりしまって、フードをサッとかぶっていた。

次の瞬間、ぽつりぽつりと落ちてくる雨粒が……いや雨粒じゃない、この寒さなので霙（みぞれ）だった。

端午くんもダッフルコートのフードをかぶった。咲子さんは背中のリュックから折り畳み傘を取り出した。凜子さんは用意してきた折り畳み傘を真吾さんに渡し、自分もビニール傘をさした。まるでこうなることは予測していたかのようだ。

駐車場を出るとすぐその先に、朱色にそびえる立派な鳥居が見える。

この伏見稲荷大社では、鳥居のほかに本殿などの建物にも朱色が使われている。朱は温かく力強い太陽エネルギーを感じさせる色だ。これこそが稲荷大神の枯れることない永遠の生命力を表している。

「みなさん、まずはここでしっかり一礼してゆっくりと進みましょ」

凜子さんは振り向くと、二の鳥居の前でそう言った。

そしてこの鳥居の先に、威風堂々とした朱色の楼門が見える。これは豊臣秀吉の造営で、神社楼門としては日本最大級だという。

凜子さんは濡れるのも厭わず途中立ち止まり、参道の中心をじっと見ていた。

「……二十八……二十九……三十……三十一……三十二……ぎゅうぎゅうなわけやわ。で、福谷さんちのお柱を入れて三十三……か」

カウントする凜子さんの姿を斜め後ろで見ていた咲子さんは、遠い目になる。

「凜子先生、三十三って……もしかして三十三柱のお稲荷様ってことですか？　三十三のお稲荷様……福谷家のお稲荷様と別に三十二柱……？　京都の街中からお連れしてきたわけですね……」

「あ、よかった、やっと咲子さんにもみえたかぁ？　わたしがあやしい人じゃないって分かってくれた？」

楼門に向かう凛子さんは、振り向いて言った。

「あ、いえいえ、みえてないですっ、みえてないですけどっ？」

咲子さんは慌てて否定する。

「なんや、見えてへんの？　ほら、お稲荷様たち今は真っ白なお姿で、一列になって楼門に向かってはんねん？　そこだけうっすらもやっとした光の筋見えへん？　これはわりと普通に見えやすいと思うんねんけど」

凛子さんは首を傾(かし)げるが、咲子さんはすみませんとしか言えない。

「あ、せやっ！　わかった！　じゃあ、見せてあげる」

凛子さんはスマホを取り出すと、楼門前の参道の様子を撮った。

「いけたかなぁ……映ってるやろけど……ちょっと天気悪いしなぁ」

ブツブツ呟(つぶや)きながら画像をチェックしている。そんな凛子さんに咲子さんは傘をさしかける。不思議と寒さはない。それどころか体はポカポカしている。

「あ……よかった……撮れとぉ撮れとぉ！　ほら」

凛子さんがスマホの画面を咲子さんに見せると、

「ぎゃ――――っ！　なんですかこれっ？　透き通った緑の風船みたいなものがいくつも繋がって、楼門に向かってずら――っと一列に並んでますけど、これってもしかしてオーヴみたいなやつですかっ？」

オーヴとは玉響（たまゆら）現象とも呼ばれ、肉眼では見えず写真のみでよく確認されるものだが、電磁気的エネルギーを持った意識体の可能性が高い。簡単に言えば、霊魂のようなものだろうか……。昨今のデジタルカメラは、昔のカメラよりオーヴをとらえやすくなっている。

「そうそうオーヴや。でも伏見稲荷大社さんのオーヴって、まん丸じゃなくて楕円の風船みたいで先がちょっとすぼんでる。お稲荷様のお顔の形みたいで面白いやろ？」

凜子さんの説明に、咲子さんは脱力していく。

「すごくリアルにわかりました……みなさま美しく一列に並ばれて、これからお山にお帰りなんですね……なんか……すごいことに……」

一方、真吾さんと端午くんは霙に濡れないようにと、一足先に楼門の下に行き凜子さんたちを待っていた。

楼門前でみんなで頭を下げ、お社内へと入る。と、突然それまで降っていた霙がピタリとやんだ。それどころか黒雲の隙間から太陽が照りつけている。とんでもなく強い光だ。

「あの……凜子さん、この天気って、どうなってるんですか……？」

さすがにこれは奇妙だと感じたらしい真吾さんが、傘をたたみながらきいた。

「わたしが神社に行くとさ、それまで天気がよくても突然雨が降ったり、雪が降ったり、ひどい時は雹……あるいは突風、つむじ風が吹いたりすんのよ。一番ひどかったのは地震。これはね、思うにたぶん歓迎のしるしね。悪いものを浄化してくれる禊みたいなもんかな？　だから今、わたしたちは浄化されてスッキリしてるはず。ってゆうか鳥居や楼門をくぐらせてもらっただけでも、もうかなりのお祓いなんやけどさ。ありがたいやんかぁ」

凜子さんが言うと、真吾さんは納得したのか深く頷いていた。

今、すべてをリセットし浄化してもらった彼のこれからの料理人人生に、新風が巻き起こることは間違いない。

すると、どこからかすごいタイミングで、シャーンシャーンと澄み渡る鈴の音と御神楽の調べが聞こえてきた。

こんな早朝から、拝殿脇の神楽殿で神楽女による舞が奉納されているのだ。御鈴の音が、境内すべてをさらに浄化するのがわかる。頭が冴えわたってくる何とも気持ちのいい音色だ。

四人と一ワンは、外拝殿前で立ち止まり、改めて挨拶をした。それから一同は本殿へと足を進めた。

凜子さんはゆっくりと必要な事を皆に伝える。

「ご自分の住所と名前と電話番号と生年月日を言うて下さいね」

咲子さんはもう作法はわかっているので、両手を合わせると自分の住所、名前、電話番号、そして生年月日を告げた。告げる相手はもちろん伏見稲荷大社の大神様だ。

「あの……電話番号も……ですか……?」

真吾さんは不思議そうにきいた。

「そうそう、間違いが起きへんようにするんよ。だってほら、やっぱり知らん人が家に押しかけてきたようなもんやから、ご挨拶として自分が何者か明らかにした方がええやん?」

「わかりました、じゃあ、端午はパパと一緒にお伝えしよか……電話番号まだ覚えてないやろ?」

真吾さんは息子さんを抱き上げると、鳥居の前で頭を下げ、大神様に身分を明らかにした。

端午くんは今日もハスキー犬のぬいぐるみを抱えていた。生まれた時から一緒らしい。長年のよだれと涙の痕で年季モノの風格がある。名前はハスくん。水色の瞳がとてもきれいだ。お辞儀をする時、端午くんはハスくんの頭も下に向けていた。

拝殿の鈴を鳴らし、二拝二拍手一拝。名を名乗り、今日の趣旨を述べながら、感謝の拝礼。こうした儀礼を重ね、さらなる神域へ入って行く。

「では、これからお山する、ね」

凜子さんが言った『お山する』とは、伏見稲荷大社の後ろにどっしりと構える稲荷山を登拝することだ。

京都観光のシンボルとして、伏見稲荷大社の『千本鳥居』と呼ばれる朱色の鳥居が連なる写真が使われているのをよく目にするが、この千本鳥居は本殿近くの稲荷山の裾野にある参道で、大半の観光客はここに溢れている。しかし実は、お山にはメジャーな千本鳥居以外にも各所にそういう鳥居が重なり、山頂まで続いているのだ。お山全体の鳥居の数は一万基を超えるとも言われ、今も増え続けている。崇敬者の祈願と感謝の気持ちが、鳥居の奉納だ。

稲荷山は標高二百三十三メートルの低山だ。この山は西から東に段々と高くなり、最初は三ノ峰(みね)、それから二ノ峰へ、そして頂上の一ノ峰を目指す行程は、上ったり下りたりの連続で、歩く距離も長い。稲荷山は正規のルートで進むと登頂まで九十分ほどかかるので、よほど体力のある人以外は気軽に登れるようなものではない。ということで、今日は全員、登山に適した靴を履いていた。それぞれリュックも背負っている。

四人と一ワンは、天気も回復して眩しい朝日の中、まずは有名な朱色の千本鳥居をくぐった。鳥居は二股にわかれ、その右側を進んでいく。左側は帰り道専用だ。

五分もすると奥社奉拝所に到達し、ここで四人は白狐の絵馬を奉納した。真吾さんは今までの感謝と「たん福」の再生を祈っていた。

ここまでは一般の観光客と同じ参拝経路だ。だが、ここからが本番。奥社奉拝所とはそもそも、稲荷山のてっぺんにある一ノ峰の上社まで行ってお詣りできない人のために存在している。

さっそく石段の上りとなった。ここで咲子さんがいきなり、参道左手にある根っこが妙な形で浮き上がっている松の木に駆け寄った。しかしご神木の松はすでに枯れていて、コンクリートで補強されてぎりぎり形をとどめているだけだ。

「凜子先生っ、こっ、これ『根上がりの松』ですよっ！」

咲子さんは伏見大社に来て初めて興奮気味に話している。オーヴを見た時より、興奮しているかもしれない。

「咲子さん、あんた、よぉそんなことを知ってんね。ここに来たの初めてちゃうかった？ その二本の浮き上がった根っこの下をくぐると神経痛とか肩コリに効くって言われてんねん。あ、でも今は入られへんことになってもぉてん……たくさん治しすぎたんやろなぁ。ご神木が枯れてもぉて危ないから、入ったらあかんで」

凜子さんは、今にも根っこをくぐりそうな勢いの咲子さんをやんわりと窘める。

「ちがうんですよ、この『根上がりの松』は、通称『値上がり』の松とたたえられていて、投資家たちの崇敬を集めてるんですっ！」

咲子さんはご神木の松に向かって頭を下げると、一人しっかりと両手を合わせていた。

どんだけ投資してるのだろう、咲子さん。頑張れ、人生はパワーバランスだ。元旦那に搾取された分、しっかり取り戻せるといい。そんな気持ちで凜子さんも、咲子さんのために手を合わせた。

「さ、お山するよ！」

咲子さんのお祈りが終わったところで、四人と一ワンは参道に戻り、石段を上っていく。

朱色の鳥居は続く。上へ上へと歩いていくと、参道脇に形が整えられていない、まるでお墓のような楕円の石が一つまた一つと現れる。気がつけばもう、ものすごい数の石があっちにもこっちにも密集して祀られていた。そしてその石の前には三十センチから五十センチ程度の小さい朱色の奉納鳥居が、十も二十も三十も重ねて置いてある。篤い祈りの証だが、その情景にやや圧倒されてしまう。

「これは『お塚』と呼ばれてて、この石碑や石祠は、明治以降に個人で稲荷大神のご神徳を讃えて設置したもんなんよ。稲荷大神様への結縁のしるしやね。見てみて、石にはそれぞれが信奉する神名が刻まれてんねん。今はちゃんと伏見稲荷大社さんに申し出て許可を貰わんと、勝手に石碑や石祠を設置することはできへんのよ。こういう場所は今もこのお山のありとあらゆるところにあるけど、もうお塚だらけでスペースがないねんな。昔はもっとごちゃごちゃと適当に置かれとったけど、ここ数年でめっちゃ整理整頓されとぉわ。さすが世界遺産！　今や世界中の観光客がお詣りにくるから整備したんやな」

凛子さんの説明に、真吾さんもうなずいていた。

「ですから、うちの稲荷社さんの中の稲荷狐の眷属像も持ってこなかったわけですね？」

「うん。ここに置いても苔むしていくだけやし、眷属像を置かせてもらったところで子孫が代々お詣りにきてくれる訳ちゃうし、何よりお稲荷さんが望んでなかったし。やっぱり形じゃないからな。真心で祈れば、お稲荷さんはすぐ現れてくれるし。わたしが今朝、お声がけをして京都の街中から来はったお稲荷様たちも、みんなこのお山で自由に過ごせたらええなぁと思うんよ」

凛子さんの言葉に呼応するように、朱色の鳥居の続く参道の中心に突如、眩しい光が注がれた。たぶん三十三柱のお稲荷様の歩く姿なのだろう。

「さ、まだまだ先は長いから、行こっか」

凜子さんは歩きながら、祝詞を唱え始めた。ただし、いつもの祝詞とは違う。

掛けまくも　畏き　稲荷大神の　大前に　畏み畏み　も白さく
大神の　厚き弘き恩のふゆによりて　家門を起こさしめ賜ひ
立ち栄へし賜ひ　夜の守り　日の守りに　守り幸へ賜へと　畏み畏み　も白す

これは稲荷祝詞の短いバージョンだった。祝詞は『言霊』といわれる霊力を持ち、口に出して唱えることにより力が発揮される。

凜子さんの御神業が始まったとたん、風が吹いてきた。光の中に、ダイヤモンドダストのような輝くものが見える。まるで凜子さんの稲荷祝詞に、稲荷山自体が喜んでいるようだ。

にぬきも今日は違った。毎朝の鴨川散歩ではバギーに乗ったまま、あまり歩こうとはしないが、今は霙がやんでから地面に下ろしてもらって、まぁるいしっぽをふりふりうきうきと山道を登っている。

そしてちびっ子の端午くんも元気だ。途中で疲れてお父さんにおぶってもらうことになるのかと思ったが、文句ひとつ言わずに歩いている。

途中、いきなり視界が開け、京都の街が眼下に広がる。そこは四つ辻と呼ばれる場所で、下から登ってくる道と、稲荷山の頂上への上りと下りの道、そして紅葉で人気の臨済宗東福寺派の大本山へと降りる道の四つが交わるポイントだ。ここから山の傾斜も厳しくなり、大人たちは息切れしているのだが、引き続き端午くんとにぬきは、楽しそうに先頭を走ったり、また戻ってきたりと非常に身軽だ。時々茶店（ちゃみせ）があるので休憩したいところなのだが、朝もまだ早いので、どの店も開いていない。

凛子さんは時折立ち止まると、稲荷祝詞、または稲荷秘文、または稲荷心経などなどを唱えていた。特に参道の途中に現れる何某（なにがし）かの立派なお社に到着すると、必ず両手を合わせていた。

「あっ！　凛子先生、ここ『眼力社（がんりき）』ですよねっ！」

息切れでゼーゼー言っていたはずの――しかも重い足を引きずるように最後尾を歩いていた咲子さんが、いきなり声を上げた。

「そうそう、ここでお詣りすると目の病気がよくなんねん」

凛子さんは振り向いて返事をした。

「いいえ凛子先生、こちら、目の病気がよくなるだけでなく、『眼力と先見の明が授かる』ご利益があるそうです。企業の経営者や相場関係者の崇敬者が多いんですよ」

と語るやいなや、咲子さんは眼力社の鳥居の前で頭（こうべ）を垂れ、しっかりお詣りをさせてもらっていた。

「咲子さん……あんた……住菱地所の株を全部売って、丸三地所に買い替えたん？」

凜子さんはおそるおそる聞いてみた。

「やだ凜子先生。私まだそんな大きなことは考えてませんよ。そこまで私、非道じゃないです。っていうか一応、住菱地所の社長にはお世話になったし……って、そうじゃないんです！　別に相場の御利益期待してるんじゃなくて、今の私に必要なのは眼力です。ズバリ男を見る目を養いたいんですっ！」

あまりに熱く語るので、凜子さんはドン引きだ。隣にいる真吾さんは、もっとドン引きだ。

咲子さんの「男を見る目を養いたいんですっ！」の声が「養いたいんですっ……養いたいんですっ……養いたいんですっ……」と稲荷山にこだましているのが原因だ。

「そ、そう、眼力大事やで？　眼力、眼力な」

咲子さんの勢いに圧(お)されつつ、凜子さんは眼力社にも手を合わせる。咲子さんの幸運を祈り、ここでも祝詞を手厚く奏上させてもらった。

そしてまた四人と一ワンはお山を続ける。するとこれまで見たことのないほどのお塚群が現れ始めた。稲荷山でももっとも多くの石碑や石祠が祀られている『御膳谷(おぜんたに)』だ。

そこのお塚に重ねられて奉納されるミニ鳥居の多さに圧倒される。人の祈りの強さが伝わってくる不思議な場所だ。

御膳谷を抜けてまた進むと、今度は『薬力社』に到着だ。そこで無病息災を祈る。近くにあるのは『おせき稲荷社』。ここは咳、喘息などから守ってくれる『のどの神様』だ。次に『長者社』へ行き、その裏にある注連縄が巻かれた雷石に手を合わせる。実はこれが長者社のご神体だという。強力なパワースポットらしく、確かに空気が違う。凛子さんは、そこでも祝詞をあげていた。

凛子さん御一行は丁寧にあちこちでお詣りをして歩くので、普通のお山よりずっと時間がかかる。しかしこれこそが本当の『お山する』という意味だ。

やがて参道は急こう配となっていく。急斜面は日陰だらけで薄暗く、けれど明らかにどんどん神域が深まっているのを感じる。二時間ほど前に伏見稲荷大社に到着して二の鳥居をくぐる前と、今の山頂間近の空気はまったく違う。清く研ぎ澄まされている。酸素が濃い。

しかし、さすがに疲れがでてきたのか、もう誰もしゃべらなくなっていた。唯一凛子さんだけが、小声で各種祝詞を唱えている。いつも運動不足でヘロヘロな凛子さんだが、御神業中は何かしらの力を得ているようで疲れをみせない。まるで別人だ。

朱色の鳥居の参道は石段となり、幅がぐっと狭くなった。ようやく木立を抜け、光り降り注ぐ石畳に出る。すると、端午くんがいきなり走り出した。

「端午っ、ちょっと危ないから、待ちなさいっ、走らないっ!!」

　真吾パパが息子を追いかけた。

「だって、おいなりさまが、さき、いっちゃってるからっ」

「凜子先生……お稲荷様が先、いっちゃってるって、どういうことですか？」

　咲子さんが小声で凜子さんにきく。

「うん、小さい子はまだ霊眼があるし、それに端午くん綺麗な目してるし、全部みえてたんやろな……。一緒にお山してくれてた三十三柱のお稲荷様たち、福谷家のお稲荷様以外、もうそれぞれがお好きな場所に帰っていかはったんよ。で、最後まで一緒にお山してくれたのが福谷家のお稲荷さんで、そのお稲荷さんを端午くんが追いかけてってん」

「ええええええ──、京都の街でお声がけした、はぐれお稲荷様たち、もう今はいないんですか……楼門前で写真撮った時に写ってた、あの透ける緑色の風船みたいなオーヴの皆様……」

「うん、もうみんな自由。一柱、一柱、好きな場所に帰って行くたび、わたし稲荷祝詞を奏上してあげてたやろ」

「ああ、それで……あちらで立ち止まっては祝詞、こちらで立ち止まってはまた祝詞って、してたわけですか……」

　咲子さんは感無量だ。根上がりの松や眼力社に固執していた自分が恥ずかしい。

「最後は金色ピカピカに光って山に入っていかはったし、咲子さん気づいたと思ってたけど……。わりとはっきりと光ってたん、みえた？　伏見稲荷大社に入ってからのお稲荷さんたち、みなさんパワーチャージされて、ほんま短時間で元のお綺麗な姿に戻ってはったわ」

「で、その戻られたお稲荷様たちは、これからどうされるんですか？」

「せやなぁ、しばらく静養して、で、伏見の大神さまが御用をお願いするかもやし、そしたらまた、お稲荷様のお力を心から望む方の家に出向くんかも……せっかく出向いても、一代限りの信仰にならへんことを祈るわ」

「また、どなたかの家の稲荷社にお祀りされるというわけですか」

「まぁ、せやな。素敵なご家族のもとに行けるとええけど……」

と、ここで端午くんが走って戻ってきた。

「りんこさん、さきこさん、ボクんちのおいなりさま、すごくうれしいって！　山のてっぺんでクルクルまわってひかってるよ、はやくきて、みてみて」

端午くんが、凜子さんと咲子さんの手を引いていく。

最後の石の階段を上ると、そこは一ノ峰のてっぺん『末広社（すえひろ）』だった。

ここが頂上。周りはまたぎっしりとお塚群がひしめいている。石碑と石祠と幾重にも重なる朱色のミニ鳥居のセットだ。末広社を挟んで左右にお塚群がぐわーっと広がり、頂上なのに眼下の景色を遮っている。またまたものすごい威圧感だ。

四人と一ワンは『末広大神』と書かれた赤い垂れ幕の前で、お稲荷様への感謝を伝えた。福谷家のお稲荷様の長年のご守護にも、改めて感謝を述べた。

凜子さんと咲子さんはそれぞれのリュックから、お酒、お塩、お水、お餅、キンカンやポンカンなどの旬の果物もお供えした。

真吾さんは、スー・シェフ自ら腕をふるった稲荷寿司、笹で包んだお赤飯を作ってきた。それと旬の大根、蓮根(れんこん)、八つ頭(やつがしら)などもお供えする。

「ねえねえ、うちのおいなりさま、さっきからずっと、ブンブンとんでるよ、すごくげんきだよね」

「端午くん、みえる？　そのお稲荷さんの姿、ずっと忘れんといてあげて」

凜子さんは言った。端午くんは素直にうなずく。

「わすれないよ、だってしっぽがフワフワでモフモフで、キラキラひかってて、目がきれいで、やさしくて、ぜったいわすれないよ……。だって、ボクずっといっしょにのぼってきたんだよ」

その言葉に、にぬきも「オン、オンッ」と同調するように鳴いた。

四人と一ワンは、しばし山頂で達成感に満たされながら、神域の空気を胸いっぱいに吸っていた。深呼吸するたび、生まれ変わっていくような清々(すがすが)しさを覚える。

「え……パパ……おいなりさまが、もうバイバイだって……」

突然、端午くんが泣きそうになって、真吾さんに言った。

「バイバイって言ったの？　お稲荷様、どこにいるの、今？」

「ほら、あそこ、あそこ、ずっと上のほう……」

端午くんは末広社のはるか後ろの木立の上を指さした。その小さな人差し指は、お稲荷様が動く度、懸命にその場所を追っていた。真冬なのにじりじりと焼けるような太陽が照りつける。眩し過ぎてもうその姿をさがせなくなる。

「あ……もう見えない……いっちゃった……バイバイって……」

端午くんは泣かなかった。けれどパパゆずりの澄みきった目は涙でいっぱいだ。こんな小さい子にも、さよならはわかる。

「じゃあ、バイバイしようか。端午も手を振ってあげて」

真吾さんが言うと、端午くんはお稲荷様が吸い込まれていった木立に向かって一生懸命手を振った。真吾さんも手を振っていた。

「凜子先生、私、今日、お山に登ってよかったです。なんかこう、いい一年が始まりそうな感じがします」

咲子さんは清々しい顔をしていた。

「りんこさん、さきこさん、ありがとうございます。ボク、今日、たのしかったです」

　端午くんがお礼を言う。まだ小さいのに本当にきちんとした子だ。

「端午くん、今日来た道、わかった？　朱色の鳥居をずーっとずーっとくぐってくんの。今度からパパと二人で登ったら楽しいで」

　凜子さんも胸がいっぱいになる。

「うん、またのぼるね。うちのおいなりさまに会いにいく」

　これこそがきっと、福谷家のお稲荷様が聞きたかった言葉だろう。

　と、その時、凜子さんは気づいた。

　どうも先ほどから小さな子狐さんが、お塚の石碑やらミニ鳥居に見え隠れしながら、端午くんの後をつけていた。

「どうしました凜子先生、何度も振り返ったりして」

　咲子さんの問いに、凜子さんは小声で返した。

「うん、小さな可愛いお稲荷さんがさ、端午くんを守りたいって、必死にくっついてきてんのよ……」

「小さな可愛いお稲荷様って……？」

「この山で生まれたての、子どものお稲荷さんみたいなんやけど、誰かの力になりたいって思ってる優しい子なの。心の綺麗な純粋な人を探してたらしいわ。……そっか、端午くんがええんやね」

山を下りていく途中、どこまでついてくるものか、凜子さんはずっとその子狐さんを見守っていた。

そして四人と一ワンが完全に下山し、再び本殿前でお別れのご挨拶をして、楼門を出て、二の鳥居をくぐった瞬間のことだった。

「あっ！　入った！」

凜子さんは、思わず声をあげてしまった。

「え？　何ですか？　どうしました？　あ、せっかく伏見稲荷大社さんに来たんだし、やっぱり御守(おまも)りとかお授けしてもらいたかったですか？　もう一度、入ります？」

咲子さんが言う。凜子さんは首を横に振った。

「いや、だから、ハスくんに入った！」

「入ったって、何がです？　主語をはっきりさせてください」

外語大卒の咲子さんは言葉にうるさい。

「お稲荷さん……端午くんのぬいぐるみのハスキーくんに入ってもぉたわ」

「ええ？　入ったって……福谷家のお稲荷様が戻ってきちゃったってことですか？」

「ちょっとちゃう。全く別の可愛いちっちゃいお稲荷さんが、山頂にいたって言うてたやん？　そのお稲荷さんが、端午くんを守るって決めたらしいわ。で、ハスくんを依り代にして、福谷家を守りたいんやって」

「は？ 依り代って何ですか!? うう……専門用語やめましょうよ……もっとよくわかるように言ってください。私、シロウトなんですから」

咲子さんは、イマイチ理解できないでいる。

すると凜子さんたちの前を歩く端午くんが、真吾さんのコートの袖をちょんと引っぱって言った。

「パパ、ハスくんが、おなかすいたって。おじいちゃまの家にかえったら、おあげが食べたいって」

その言葉で、ようやく咲子さんは理解した。

「驚いた……依り代って、別に稲荷社じゃなくてもいいってことなんですか……」

「そやね。形とちゃうから。あの子はきっと『たん福』のいい跡継ぎになるわ」

この瞬間、凜子さんには『たん福』が『たん吾』に、そして、そのずっと先に『たん吾』が『たん午』になっていく未来が見えた気がした。

第三話　呪覆（じゅふく）

ラッキー7

　二月の昼下がり。キンキンに底冷え中の京都市内は受験シーズンで、大学はどこも休みだ。

　一（にのまえ）凜子（りんこ）さんはダウンコートにフードをかぶり、モフモフのついたハーフブーツをはき、防寒対策は万全。今しがた記帳してきた銀行の通帳を握りしめ、ついでににぬきも抱きしめ、ヤナセさんのショールーム前で、熱い息を鼻からも口からも吐いていた。

「やばいなぁ……いつもは絶対こんなとこに飾ってへんのに、なんで今日はいきなりドーンと一番目立つ所にあんねんな」

　凜子さんの熱い視線の先にあるのは、メルセデス・ベンツのGクラス、ゲレンデヴァーゲンことゲレンデ。色は白。昔よく見たオフロード仕様のジープような——どちらかというとベンツらしからぬ、いかついスクウェア・フォルム。後部には外付けスペアタイヤ。かなり大きなホイールアーチ。過日、京都市内のはぐれたお稲荷様をピックアップした際、車中で話題になった車種だ。トランクがなく、排気量が多くて四輪駆動。この車なら大勢のせられること間違いない。ただし、その「大勢」とやらが人間とは限らないし、仮に人でも実体が伴うとは限らないのだが。

見れば見るほど研ぎ澄まされた高級志向の本格SUV。これ一台で、郊外にある駅から十五分くらいの新築六十平米マンションくらいなら余裕で買えると思う。

「にぬき……コンバーチブルちゃうくっても、このくらい車高があったら、外の景色もめっちゃ見えるやんね」

愛犬に呟くと、白モフモフはそのまぁるい尻尾を激しく動かした。これは『ウィ、マダム、同意見でございます』という意味だ。

凜子さんは手にした貯金通帳を開いて、にぬきに見せた。

「ほら、これ見て？　異常事態やねん」

通帳の数字を見せられたにぬきは、尻尾をバサッバサッと音がでるほど振った。

「これ、買えってことやんな……今までの流れからして」

凜子さんはショーウィンドウぎりぎりまで近づき、荒い息でガラスを曇らせた。

店内のディーラーさんたちは、戦々恐々と凜子さんを見守っていた。皆一様に「お客さまというにはあまりにも本気度の高いマニア」に出くわした時のような困惑の表情を浮かべている。ヘタなお声がけはできないと察しているのだろう。

＊　＊　＊

二週間後、凛子さんは納車されたばかりのそのゲレンデに咲子(さきこ)さんを乗せ、御所南からそう離れていない「京都赤レンガ美術館」のカフェに来ていた。

「咲子さん、ここ隠れた大人気のカフェなんよ。美術館に入らんでも、お食事だけでもできんねん。しかもにぬきオッケーやねん！　太っ腹やろ？」

太っ腹と聞いたとたん、にぬきはバギーの中でお腹を見せてくる。

これは凛子さんがにぬきに教えた技の一つである。にぬきもにぬきで周囲のうけがいいので、はりきってお腹を見せてくれる。

「こんなところにカフェがあったんですね……」

赤レンガでできたレトロな建物一階の隅に、新しく併設されたガラス張りのカフェは、今日も大入り満員大繁盛だった。まるい白のテーブル、エーゲ海のビーチに並ぶような白い椅子。混みすぎて隣の人との距離が若干近めではあるが、週末なのでこれはしょうがない。

「一度この美術館は見に来てみたいな、と思ってましたが、カフェの存在は知らなかったです。ああでも素敵〜。なんだか日本じゃないみたいです」

咲子さんは天井の高いガラス張りのカフェの中、遠くに見える平安神宮の鳥居に気がついた。それさえなければ、ここはまるでヨーロッパだ。いや、日本の鳥居もこれはまたこれで非日常でとても素敵だ。

二月だというのに、カフェには燦燦と光が差し込んでいる。底冷えの京都にうんざりしていた人たちも、ここでは幸せをかみしめている。建物の外には冬でも枯れない芝を使った公園が隣接していて、春から秋にかけてピクニックも楽しめるようになっていた。

「そうだ、それより凜子先生、ゲレンデ、どうしたんですかっ？　どこでどうなったらゲレンデが買えるようになるんですかっ。普通……ないです！」

咲子さんは半時前、自分のマンションに新品のゲレンデでのりつけてきた凜子さんを見るやいなや、卒倒しそうになっていた。

詳しい説明はまた後でということで、凜子さんは咲子さんをランチ目的でこの美術館カフェに連れてきたが――。

咲子さんとしては、閑静な高級住宅街の御所南から平安神宮界隈まで、ゲレンデなんていかつい車に乗らないといけないほど、京都は荒野ですか？　うっかり気を抜くとライオンや黒ヒョウに狙われますか？　とツッコみたいのをぐっと我慢していた。

「いや、わたしも何をどう説明していいのかわからへんねんけども、ついこないだ、いきなりエアメールが来たんよ。で、開封したら出版社からの印税の証明書やったんよ。それがさ、わたしが七年前に書いた本が、英訳されて発売されてて、その本を最近読んだニューヨーク在住のアメリカ人がSNSで紹介してくれて、面白いって言ってくれたもんだから、知らないうちにベストセラーになってたらしいねん。でも、ゼロの桁がちゃう印税が振り込まれてきたのんはビビるやろ。日本ではまったく売れへんかったのに、っていうか絶版よ。どこでどうなったんや。疑問は残るけど……とにかくアメリカで突然、売れたんよ」

凜子さん自身も動揺しながら話している。

「いわゆる『バズった』ってやつですね……アメリカの人口って日本の三倍近くですから、バズると大きいですよね」

咲子さんも額から冷や汗を流しながら言った。

「実はここが驚くところじゃなくてさ……その印税ではゲレンデまでは買えんかったけど、なんとなくフラっと中古車センターに立ち寄ってみたんよ。わたしの白ミニはいくらぐらいで引き取れるでしょうかってきいたらさ、なんと今、コンバーチブルの白ミニが欲しくてしょうがないっていうお客様がいたらしく、わたしが買った時の値段の七割で引き取らせてくれないかって言うてきはってん！」

「ええっ、な、七割ですか！　先生あのミニ、もう七年乗ってますよね。七割ってとんでもない高額査定……っていうか、それありえない……」

ここで咲子さんは、目の前にあるレモンの輪切りの入ったお冷を飲み干した。

「いや、だから、咲子さん！　とにかくあり得へんことが重なりすぎたってことなんよ。そしてまぁ白ミニが高額査定でもらわれてった、ってことで今回の印税に足してゲレンデが買えることになったのよ」

「あの可愛い白ミニが助けてくれたんですね……あのコ、いい車でした……」

「いや、でも、ここも驚くところじゃないんよ……結局わたしが払ったのは二千五百四十一万円なんよ。で、それを三十三で割ると……一柱七十七万円……ぴったり」

隣のテーブルのお客様に聞こえてはいけないと凜子さんは小声で言うが、咲子さんは何の話をしているのかピンときていない。もちろん声が小さすぎて聞こえなかったわけでもない。

「えっと、あの、ごめんなさい……今、私、『柱』って聞こえ……ました？」

咲子さんはロエベのお気に入りボストンバッグからハンカチを取り出して、額を拭いていた。

バギーの中のにぬきは、そんな咲子さんを心配そうに見つめている。

そりゃ心配だろう、いつも優しくしてくれるお姉さんが、酸っぱい何かを額に貼りつけているのだ。

「一柱、七十七万円、しかも白ミニは購入価格の七割で下取りしてもらえたのよ」

凜子さんの目は、若干虚ろになっていた。

「あの、凜子先生……三十三柱とおっしゃいますと、やはり、先月の伏見稲荷大社様への『お山』ツアーにご一緒させて頂いた神々様の数ですよね？」

咲子さん、あまりにありえない話なので理解するまでに時間がかかっている。でも、あることにハッと気づくと言った。

「あ、だから凜子先生、今日はここ――『Bonheur(ボヌール)』というカフェに連れてきて下さったんですね？」

外語大卒の咲子さんは、こういうところにすぐ気がつく。

「え、ボヌールって何やっけ。フランス語？」

凜子さんも英語は達者だが、東京外国語大の言語外国語学部卒の咲子さんほど、あれやこれやの言葉の意味が即解(わか)るわけではない。

「そうです。ボヌールはフランス語で、英語でいうところのハピネスです。幸運ってことですよ。だからラッキー7……」

咲子さんは自分で言いながら、すっかり腑(ふ)に落ちていた。この時、レモンの輪切りもようやく額から落ちていた。

すなわち昔の本が今になってバズったのも、白ミニがいいお値段で下取りしてもらえたのも、すべてはまさかの三十三柱のお稲荷様たちからの『お気持ち』というか『お礼』……？　ざっくり言って、非常にわかりやすいまさかの『プレゼント』？

「わたし……これはゲレンデを買って、これからまた京都市内の……いや京都府内の？　いや、もしかして日本中のはぐれてはる神々様の御用になるよう頑張れって言われてるんやと思ったんよ。保険とかガソリン代とかは実費負担やけどな……とにかく、思いがけずこんな大きな車を頂戴してしまったけど、これはこれでいいのよね……？」

珍しくビビっている凜子さんに、咲子さんは大きく頷いた。

「大丈夫です。『七』年前に出版した本。『七』割での下取り価格。白ミニは『七』年乗っていた。一柱『七十七』万円のお気持ち。そしてここはボヌール、その意味はラッキー『7』」

咲子さんは幸運のしるしを羅列した。そこで凜子さんがハッとする。

「あっ！　しかもわたしが頼んだ『京鴨燻し生ハム・バゲットと京野菜サラダ、抹茶ラテつき』ランチ、税込み千七百円だわ！　やだ……七が合計七つ出てきた……あのベンツ、御神業ゲレンデに決定ね……」

凜子さんはその責任を感じ、一瞬、絶句していた。

「凜子先生でも、ビビるんですね……」

咲子さんは意外に思った。

「だってほら、上村佃煮店の女将さん所有のビルが魔物の巣窟になってて、魔界の蓋を閉じるために『魔釣り』をした時、女将さんがお礼に最高級の赤ワイン、ロマネコンティをご馳走してくれはったとかのサプライズはたまーにあるけど、(『一教授はみえるんです』一巻第一話参照。ちなみに『魔釣り』とは最高レベルの除霊のこと) ゲレンデっていうのは、ちょっと今までのわたしの諸々御神業ライフではなかったサプライズすぎて……。けど、そもそも御神業は絶対見返りを求めたらあかんし。その瞬間、邪念が入って足をすくわれるんよ。御神業させていただくにあたっては『ありがとう』の感謝の気持ち、もうそれだけなんよなぁ。それに尽きるんよ」

凜子さんの説明で、御神業の『在り方』がわかってきた。

「完全ボランティアですね……見返りゼロのボランティア……結局、愛ですね」

「だって御神業をさせていただくのって、自分が嬉しいのよ。お役割を果たせたことの喜びに胸がいっぱいになんねん。それってめっちゃ幸せなことなんよ」

凜子さんの瞳は、キラキラと光っていた。

ああ、これが凜子さんだ。この尊い目をした凜子さんが、鴨川で打ちひしがれていた自分を救ってくれた、と、咲子さんは思い出していた。

「そうそう、ボランティアといえば、わたし、よくパリに行くって言うとったやん？」

　咲子さんが表参道のフレンチ「世良美」を知っていると話した時、凜子さんは自分はパリにはよく行っていると言っていた。

「ああ、なんかドヤってましたね……」

　尊敬はしているが、たとえ相手が命の恩人であっても、咲子さんはツッコむ。

　ところで、凜子さんたちのすぐ隣のテーブルの男性はひどく浮かない顔だ。

　先ほどからずっと沈み込んでランチをボソボソ食べていた。時々、ため息もついている。カフェラテの入ったカップはもうすっかり冷えている。もしかして凜子さんたちのテンションが高すぎて、落ち着けないのかもしれない。

「寝ても覚めてもパリがおいでおいでって、何度も呼んでくる感じがすんのよ」

「まさか先生、また幽体離脱でパリに行ったんじゃないですよねっ⁉」

　咲子さんが割と厳しめに言ったところで、二人のランチが運ばれてきた。

「幽体離脱ちゃうちゃう。ちゃんと飛行機にのってパリに行くねん」

　凜子さんは例の千七百円のセット。京鴨燻し生ハム・バゲットから、桜のチップでスモークした香りが漂ってくる。バゲットもほんわり温かい。

「とにかく、幽体離脱はダメですから。体への負担が半端ないですからやめてください。それ、何度も何度も言ってますよね？　アラフィフにはキツイです。フケますよ」

凜子さんを心配する声が、さらに厳しめになる。そんな咲子さんのランチは「奥丹波鶏のストロガノフと古代米のおにぎり、焙煎(ばいせん)いれたてオーガニック・コーヒー」のセット。どちらのランチも美術館ならではの彩り豊かなお洒落メニューだ。

「で、なんで寝ても覚めてもパリなんですか？　寝ても覚めてもって言われると、幽体離脱だと思うじゃないですか」

咲子さんはブツブツ言いながら、よく煮込まれた奥丹波鶏を口に入れた。

「あっ……なにこの鶏……お野菜のお味がしみこんでる……おいしい〜。っていうか鶏自体の食感が違う……今まで食べていたブロイラーとは一線を画している……凜子先生、このレストラン、超お勧めですねっ」

幽体離脱話で顔を曇らせていた咲子さんは、いきなり恵比須顔だ。

「せやろ？　ああ、よかった、咲子さん、気に入ってくれて……で、わたしが言いたいのは、パリのルーヴル美術館でよくシュウフクを頼まれてさ、そのお礼かどうか微妙なんやけど、わたし、シュウフク後、いっつもお腹がペコペコで、ダメもとでルーヴル宮の回廊にある大人気レストランに行ってみたら、嫌な顔一つせず、予約なしでスス――っと入れてくれたりすんのよ。しかもその席、ルーヴル美術館のシンボルのガラスのピラミッドが見えちゃうっていう超超特等席で、夕方から日が暮れるまでの夏の一番美しい広場が見えちゃったりするんよ。で、とどめにゼンゼンまったく頼んでないルーヴルのピラミッド形の濃厚なチョコレートケーキがデザートに出てきたりしてさ……しかもカプチーノつきでさ……『あの……わたし……頼んでないです』って言うねんけど、めちゃくちゃイケメンのギャルソンが、『ビアンヴニュ ア パリ マドモワゼル』って言って、バチコーンとウィンクよ。あれ、もしかして一番嬉しかったかも」

凜子さんのトークを聞きながら、咲子さんは手に取った古代米のおにぎりを口にいれようかどうしようか悩んでいる。シュウフクとかいう問題ありそうな単語が気になって質問したくてしかたがなかったからだ。

「ってなわけで、お礼には色々な形があんねん。それこそゲレンデからウィンクまで。ま、シュウフクさせてもらって楽しかったし、あっちにも喜んでもぉて、こっちこそお礼がしたいくらいだったんよ」

そう言って凜子さんは抹茶ラテを一口飲んだ。上唇にミルクのヒゲがつく。

「っていうか、あの……先ほどからおっしゃっている『修復』って何ですか？　先生は民俗学の教授で、美術品の修復とかは手がけないでしょう？」

と言いながら、咲子さんは背筋がぞわぞわしていた。

「ああ、わたしのいうシュウフクは、霊的なシュウフクなんよ」

凜子さんがさらりと言う。咲子さんはやはりそうくるか、と生唾を呑んだ。

「あの……霊的な修復って……？」

あまり聞きたくはないが、ここで話を終わらせることができないのが咲子さんだった。疑問は即座に解決したい。

「わたしのシュウフクはね、呪うの『呪』に覆すの『覆』って書いて『呪覆』やねん」

咲子さんここでようやく古代米のおにぎりを口にした。体に良い感じがする上に、もちもちしておいしい。一瞬だけざわついた気分が落ち着く。しばし無言で食べているが、頭の中はパニックだ。

「いわゆる……美術品に……取り憑いた呪いを……覆すわけですか？」

咲子さんは脱力しながら、言葉を吟味するように言った。

「惜しい咲子さん、いい線いってんねん。呪うの『呪』には、『祈る』っていう意味もあんねん。病気とか悪魔を追い払うよう神仏に祈るという意味の『まじなう』って意味もあるしな」

「はあ……祈るに、まじなう、ですか……」

咲子さんは、自分なりの理解を深めている時は凜子さんと極力目を合わせない。

「でさ、『覆』には『くつがえす』、とか『調べて明らかにする』って意味があんねん。そして『おおう』っていう意味もね」

　ここで凜子さんはニヤッと笑った。

　ああ……この笑いが出る時は、たいがい何らかのスピリチュアル案件が隠れている、と咲子さんは気づいた。最近は、凜子さんの表情から色々読み取れるようになっている。

「で、なんでパリなんですか、凜子先生？」

「わたし、ロンドンの大英博物館とナショナル・ギャラリー、それとフィレンツェのウフィツィにも行って、呪覆してんねんけどさぁ。ま、ルーヴルだけとちゃうんやけど」

　ドヤった凜子さんは、豪快に京鴨燻し生ハム・バゲットに嚙みついていた。

「だーかーらー、何でパリにおいでおいでされるんですか？　もっと素人にわかりやすく話しましょうよ。……それ、先生の悪い癖です。先生の日常は、私たちの非日常ってこと、そろそろ分かってくださいね！」

「ニューヨークでバズった私の英訳本『Soulful Restoration in Art』っていうんよ。まぁ今の話そのまんま。これ読んだら、なんやそういうことかぁって分かるわ」

「芸術における……魂の修復……？　で、どなたが先生をパリに呼ぶんですか？」

　気持ちが急(せ)いた咲子さんの声が大きくなる。

　隣でしょんぼりしていた男性は、今や何故(なぜ)か背筋を伸ばし、二人の会話に聞き耳をたてていた。

「わたしもさ、誰が呼んでんのか分からへんけど、最初に呼ばれた時は、ある夜いきなり目が覚めて、なんかめちゃくちゃパリに行きたくなったんよ。冷えた白ワインに焼きたてクロワッサン、そしてニンニクとバターたっぷりのエスカルゴの香りまでしてきたりしてさ」

「ああ……私もイギリス好きですから、紅茶飲んだりスコーン食べたりしてると、あぁロンドン行きたいな〜とか思いますよ……」

「んー、そういうのとはちょっとちゃうねんって。朝、起きるやん？　そしたら勝手にラジオがフランス語講座かなんかを流し始めんねん。わたしつけてないのによ？」

「まあ、いつも、ＮＨＫに周波数を合わせていたら、そういうこともあるんじゃないですか？　ちょっとした電磁波的なアクシデント？　うっかり腕がスイッチに当たっちゃった、とか？」

「だからそういうのと、ちょっとちゃうねんな。そしたら午後になって、フランスに住んでいる友達から電話がくるんよ。凜子、夏休みでしょう？　たまにはパリにおいでよ、って……」

「私も学生の時はロンドンにいた先輩の家に、しょっちゅう遊びに行きましたよ」

「でも、そのわたしのパリの友達、パリの家に誘われるほど親しくなかったのに、遊びにいらっしゃいって、なに……？」

「凜子先生に親しいつもりがなくても、お友達は先生のこと、大好きだったんですよ。たぶん、彼女、あ、彼ですか？　ホームシックにかかっていて、日本のお友達に会いたくなって、最初に浮かんだのがずばり凜子先生なんです」

咲子さんは、できるだけ穏便に解析している。

「じゃあさ、お風呂上がりのバスルームの鏡が湿気で曇って、そこに指文字で『AF275』ってうっすら浮かんでるって何？」

「AFって何ですか？『アンタ、ふざけんな』……？」

「エール・フランスに決まってるやん。275便やん？」

「それ、先生が書いたんですよ。ほら、酔うと記憶が飛ぶから。またかなり飲んだんですねー」

「飲んでないし！　その時ちょうど成田－パリ間のビジネスクラス往復分マイレージがたまっていたことに気がついたわけ」

「偶然って続きますよねぇ……」

「ほら、咲子さんが大好きな美輪さんと江原さんも言うてはったやろ？　この世に偶然はない、原因があるから結果があるって」

それを言われると咲子さんは黙ってしまう。彼女はその昔「オーラの泉」という番組の大ファンだった。

「はい、わかりました。で、先生はAF275便でパリに行ったわけですね」

咲子さん、もうここで投げやりだ。身近に起こる不思議話には、どうも順応できない性格らしい。

「せやねん。そしてパリに着いた翌日、ちょっとゆっくりしたかったのに友達がルーヴルに連れて行くわってきかへんわけよ。そのへんでやっとこさ、なんでわたしがパリに呼ばれたのかが分かったんよ」

「分かったって何がですか……？」

「ルーヴルに入ったとたんにさ、あっちこっちの美術品が悲鳴をあげてるのが聞こえるねん。でもわたし、その苦しんでいる美術品をどうしたらええんかとか、イマイチわからなかったんよ。もう二十年以上も前のことやし、まだそんなに霊能力を使ってなかったし。その日はとりあえず、ただ純粋にルーヴルを楽しんで、友人のアパルトマンへ戻ったんよ。あ、その子、彼女ね。彼だったら今頃わたし、教授やってないから。よぉ聞いといて！　わたし、専業主婦が夢やしな！」

「いや、先生……専業主婦には不向きでしょ……部屋……片づけられないし……」

咲子さん、ごにょごにょつぶやく。しかしその後、ハッと顔を強張らせると……。

「凜子先生、すみませんでしたっ！　部屋なんて片づいてなくていいんですっ。私なんて家の隅々まで綺麗に綺麗に掃除して、食事だって料理学校まで通ってレストラン並みに食卓に並べて、すごくできた奥さんだったはずですけど、結局離婚しましたから。人生、掃除なんてどうでもいいんですっ！　料理だって、出来合いでオッケー。京都のおばんざい、サイコーッ」

　咲子さん、膝にかけていた大判ナプキンで突如目頭を押さえる。

　隣の男性は、気の毒そうに咲子さんを何度も何度もチラ見していた。

「いいのよ、咲子さん。それ咲子さんが悪いんやないし、すべてはマザコン年下旦那が〇ソだっただけ」

　お食事中関係なく『ク〇』ワードが炸裂だ……。

「ありがとうございます。で、先生、ルーヴルの『呪覆』、どうなったんですか？」

「あ、やっとその話、聞く気になったん？」

　うなずく咲子さん。古代米のおにぎりも完食している。

「その日は友達のアパルトマンに帰って、その夜、泥のように眠ったわけ。時差のせいもあったし、もうくたくたやってさ。このくたくたは悲鳴をあげてたルーヴルで気疲れしたせいやろな。そしたらその夜の夢の中で、誰かがわたしに美術品の『呪覆』のしかたを教えてくれたんよ、めっちゃリアルにね。もう夢の範疇（はんちゅう）は超えてんな。たぶん幽体離脱のようにどっかの美術館に連れて行かれて、そこの美術品を使って『呪覆』のやり方をたたきこんでもらったんちゃうかなぁと思ってんねん……」

「どなたがたたきこんでくれたんですか？」

「なんか、西洋人のおじいさん。そうそう、雰囲気、レオナルド・ダ・ヴィンチみたいな……」

「ダヴィンチみたいなおじいさんですか……ルーヴルだけに……ダヴィンチって晩年、フランソワ一世に愛されてフランスで暮らしてましたよね。亡くなったのもその王様のお城だったはず。芸術家であり哲学者であり宗教家でもあり科学者ですから……亡くなった後は余裕で『呪覆』も教えそうですよね……あ、フランソワ一世って芸術を愛した偉大なる王で、ルーヴルの基盤をつくった人ですから、亡くなった後も彼の集めた美術品が気になったでしょうし……」

咲子さんは挽きたてオーガニック・コーヒーを飲み干してしまう。おかわりがほしいところだ。

「でね、わたし、翌朝、ルーヴルに行って仕事がしたすぎて目覚めたんよ。前日、友達とざっと見て回っただけやのに、どこの何をどうするかって完璧なまでに分かんのよ」

「で、どこの何をどうしました……あ、すみません、コーヒーおかわりお願いできますか？」

咲子さんは、横を通りかかったお店の人に、よそゆきの笑顔で声をかけていた。

「まずはサモトラケのニケ……あ、すみません、わたしもコーヒーお願いします」

凜子さんも飲み物をお願いする。二人ともしゃべり過ぎて喉が渇いているのだ。

「はっ？　ニケってあの大理石彫像のニケですか？　翼のはえた勝利の女神ニケ？　ダリュの階段踊り場にあるやつですよね？　あれ、いきなり目の前に現れるから、みんなびっくりしちゃうやつですよね、なんでここにあるの……こんな近くで見ていいの……え、これ本物？　って」

「そうやねん……あのニケが、一番にわたしを呼んでたんよ」

凜子さん、当時のことを思い出したのか、そっと瞼(まぶた)を閉じた。

「ニケって、エーゲ海のサモトラケ島で発見されて、頭とか腕とか片翼とかないじゃないですか。あ、右手だけはのちのち発見されたみたいですけど、それはルーヴルに保管されていて、まだ、くっつけられていないんですよね。そういったことが、ニケが苦しむ原因になっていたとか？」

咲子さんは美術品に結構詳しかった。

「ううん、全然ちゃうかってん。ニケは頭部と両腕がなくっても、片翼を大きく広げてみせるあの姿でもう十二分に美しいねん。それどころか、その足りてない部分が想像で見えてくるほど、あの立ち姿は勢いがあって、今にもあの踊り場に降り立ってきそうな感じがしたやろ？　あの姿が、完璧な在り方やってん」

その時、先ほどの女性店員さんが、焙煎挽きたてオーガニック・コーヒーを持って来てくれた。

二人は同時に会釈をし、ありがとう、とよそゆき顔でお礼を言う。

「で、その呪覆ってどうやるんですか？　完璧なフォルムのニケなのに、苦しんでいたんですよね？」

咲子さんはブラックのまま飲もうとしたが、なんだか熱々なので一旦カップをテーブルに置いた。

「なんて言うたらええんかなぁ……わたしは『ススが刺す』って言うてんねんけど、ニケの彫像のあちこちがススに刺されて黒くなってたんよ。あ、もちろんそれは普通には、みえへんやつね。肉眼で見えるようになったら、それはもう本物の修復師さんの出番やし」

ススが刺すと言われても、咲子さんにはどうにもイメージできない。

「う〜ん、そうや、ジブリの映画で『まっくろくろすけ』って妖精がでてくるやん？　ススワタリとも言うてるけど、イメージはあんな感じ」

凜子さんが身近な例を出してくれる。非常にわかりやすい。

「でも、まっくろくろすけもススワタリも、そんなに悪さはしませんよね」

咲子さん、実はジブリ映画にも詳しかった。

「そうそう、そこはちょっとちゃうねん。美術品とか建物に取り憑くススは、埃と人の邪悪な念が混ざって出来てんのよ。あと、嫉妬とかも」

「ニケに誰が嫉妬するんですか？」

「ニケは嫉妬せぇへんけど、プロの彫刻家がニケを見て、自分はこんな芸術品は造れないと絶望したり、鑑賞したお客さんが、なんでこんな頭も翼もない不完全な彫刻がもてはやされるのかわからない、と思ったり。そういう、人のちょっとした負の念がススとなって、長年かけて積もり積もって輝きを奪っていくんよ」

「う〜ん、よくわからないですけど、それってニケにたいして、『フンッ』とか『チェッ』ていう気持ちがあると、それがニケを弱らせるわけですか？」

「そうそう、そんな感じ。その『チェッ』て気持ちが、ニケの中に注射針のように刺さって、そこからススが広がっていくねん。スス刺し過ぎたらモロモロと物理的に壊れていったりするんよ。そうなったら本当の修復師さんの出番なんやけど、そこまでいくと、物理的な修復もなかなか難しくなってるケースが多いんよ。だから、そうなる前にわたしみたいな人間が美術品のススをはらうんよ。あ、ルーヴル入ったらさ、わたしみたいな呪覆をしている人って、各国から意外とたくさん来てるんよ……そういう人たちってね、目が合うとすぐわかんねん。『あ、どうも、あなたも呪覆ですか』

みたいなアイコンタクトすんのよ。みんな呼ばれてるからさ……」

「あの……凜子先生、呪覆って先生がいつもよくやる除霊、あ、じゃなくて霊上？そういうお祓いみたいなことですか？　御塩とか御酒とかお香とかを使って」

「ちょっとちゃうねん。『魔釣り』とか『霊上』とかは、魔物に意思があんのよ。でもススは魔物じゃないねん。人の念。だからお塩もお酒もお香も使わへんねん。っていうかさ、ルーヴルで御香焚いたら、わたしそのままガードマンに連れて行かれるやんか」

「そっか。じゃあ道具は使わず、身一つで呪覆するんですか？」

咲子さん、ここでようやくコーヒーを一口する。

「ニケは三十分くらい、かな？　で、呪覆完了。わたし、あの時は日本語で聖歌を歌ったんよ。ずっとカトリック系の学校に行ってたこともあってさ、聖歌は得意やねん。日本の美術館の呪覆の時は、声帯を使って雅楽みたいな音を出したりもするかな。注射針刺したみたいにススが刺さったら、そこからススが広がってくから、まずそれを聖歌とか雅楽の音で最後まで綺麗に吸いあげたら、きっちりコーティングすんの。しばらくの間、ススに刺されへんようにするためにね」

「コーティングですか……あ、前に上村ビルを『魔釣』った時、結界として曼陀羅(まんだら)を描いて蓋してましたよね。ああいう感じですか？」

咲子さん、例の凜子さんの魔物との死闘を思い出し、一瞬ブルーになる。

「やり方は似てるけど、絶対漏れないようにするための蓋と、ちょっとだけ汚れへんようにするコーティングって違いはあるな。コーティングっていうのはさ、まず呪覆する時に自分の中から光を生み出して、それをレーザー転写するように悪いところにあてるんよ。光はやっぱり天照大御神様の光ね。悪いもんはその光でさぁっと消えてくから、最後にその光を粘着質のガムやゴムみたいに変化させて、ススが刺さったところを中心に全体的に丁寧にコーティングして、おしまい。わたし、その光をガムみたいな素材にするの、かなりうまいと思うんよ。通りがかりの人に、『あなたそれ、すごいわね、しかもコーティングの縁をレースみたいに縢ってて綺麗。さすが日本人、器用ねえ』って、ちょこちょこ言われるもん」

「言われたって誰にですか？　他の呪覆師さんに？」

「そうそう、どこの国かは知らんし何語かも分からんけど、お互い、テレパシーで話せるし。わたし、よぉ褒められんねんな……だから、呪覆の覆の字の意味は、『おおう』っていう意味。まさにコーティングのことやねん」

咲子さんはただただ「はぁ〜」っと息を吐き続けている。

その時だった。少し前にコーヒーを運んできてくれた店員さんが、今度はケーキを何種類も載せたガラスケースのワゴンを押してやってきた。そして、二人の前で止まる。

「え？　私たち、デザートは頼んでないので……」

　咲子さんが言った。しかし、おいしそうなケーキだ。和栗のモンブラン、マスクメロン形のシュークリーム、イチゴのティラミス、ベリー類がぎっしりのったケーキ、ラ・フランスのショートケーキ、マカロン各種、フルーツたっぷりのプリンアラモード、好みのアイスクリームをのせるアップルパイ……。頼んでいいのかもしれない。

　すると先ほどから聞き耳をたてていた隣のテーブルのしょぼくれたおじさんが、いきなり立ち上がって、凜子さんと咲子さんに挨拶をする。

「あのこれ、私からです。どうぞお好きなものを、お好きなだけ召し上がって下さい。申し遅れました、私、京都赤レンガ美術館の館長、長谷部(はせべ)と申します」

　なんと、しょぼくれていたおじさんは館長さんだった。よく見ると仕立てのいいスーツを着ている。暗い表情さえなければ、ナイス・ロマンスグレーのおじさまだ。

　凜子さんはこの瞬間、苦笑いになってしまっている。

「あの……もしかして……呪覆、ですか？」

　図星だったのか、館長は頭を下げたまま動かなくなった。

会いたくて

「わたし、今日このカフェに来た時若干イヤーなカンジはしてたんですよ……でも朝起きた時から無性に『ここでランチしたい』って強く思うから、車飛ばして来ちゃいましたよ。よく考えると、また呼ばれたか……って感じです……」

凛子さんは、ちゃっかりイチゴのティラミスをご馳走になりながら、館長さんにグチグチ言った。フレッシュなイチゴが、ココアパウダーと生クリームとマスカルポーネチーズにまぶされて絶妙なお味になっている。にぬきは隣で生クリーム部分をじっと見つめている。

「こちらって今は『大英博物館ミイラ展』を開催されてたんですね……。私、カフェしか見てなくて、特別展示物に気がつきませんでした……っていうかミイラ苦手で……どのみち見ないけど……」

そう言う咲子さんは、マスクメロン形のシュークリームを食べている。クリームと一緒にメロンの果肉がつまっている、かなり贅沢な一品だ。

「私ども、先月からこの『大英博物館ミイラ展』を開催してましてね、オープン時はそれはもう大盛況だったんですけど……」

館長はここで言葉を詰まらせてしまう。

「……けど？　どうしたんですか？」

凜子さんは黙々とティラミスを食べながら、たずねた。

「臭うんです。展示会場がどうにもこうにも臭くて、換気システムを強化したらその音がうるさいってお客様からクレームが出て……でも換気をしないと表現しづらいほどの悪臭が充満するんです。お客様でもご気分が悪くなられる方が続出して、実は先週から『大英博物館ミイラ展』の展示室だけ閉めてるんです。ですから、館内のミイラ展のポスターもすべて撤去させた次第で」

館長が肩を落として言う。

「あの、一さん、でしたか？　ケーキのおかわりいかがですか？」

凜子さんがあっという間にティラミスを平らげるのを見た館長が、店員さんに人差し指を立て、デザートビュッフェのワゴンを運んでくるよう指示した。にぬきは、尻尾をパタパタさせて大興奮だ。

「あ、じゃあ、和栗のモンブラン、いいですか？」

凜子さんは、笑顔で二個目のケーキを頼んでいた。

「あの、そちらのお嬢さんもいかがです？」

お嬢さんと呼ばれた咲子さんは、一瞬誰のことかとあたりを見回してしまう。

「実はですね、うちのデザートビュッフェでお勧めなのが、このベリー類をのせたクリームケーキなんです。上にのっているのはラズベリー、ブルーベリー、マルベリー、そしてストロベリー。南半球の国から取り寄せたフレッシュなものです。ハウスものではありません」

館長さんが言うとすぐ、咲子さんが、

「あ、じゃあ、それを頂いていいですか？　あ、でも、私は呪覆できませんから、二個もご馳走になるわけには……」

「いえいえ、どうぞ召し上がって下さい。いえね、私も美術館勤務が長いので、美術品に取り憑く何かを祓う人の話は、噂では聞いてたんですよ。特に海外の大きな美術館に勤務する方から、そういった話をよく聞きました。で、まさかそういうことができる人が今、自分の隣のテーブルにいるとは夢にも思わず、図々しく、ついお声をかけてしまったというか……実は私もう今、かなり追いつめられておりまして……」

館長さんは、ほとほと困った顔で凛子さんに言った。よく眠れていないのか、目が充血している。

「問題なしです。わたし、こういうこと、しょっちゅうですから。何気なく行ったところで除霊とかお祓いとか呪覆とか頼まれること、よぉありますからね。あ、ところでその臭いがするようになったのは、いつからですか？」

凜子さんはいきなりトップの和栗にフォークを突き刺すと言った。

「ミイラ展が開催されて、十日ほど経った頃ですね。朝、展示室に入ると腐ったような臭いがしてまして。あと部屋がどうも埃っぽくて暗いんです。どこかの電球が切れているわけでもないのに展示室中、どこもかしこも薄暗いんです。各展示物の説明とかが読みにくいほど暗くなっているんです。これって絶対ヘンですよね」

館長さんは呪覆を頼んではいるが、ホントのところは、今、この和栗のモンブランを勢いよく食べている凜子さんに、問題が解決できるとは思っていなかった。ただ館長さんは藁にもすがる思いで、とりあえず状況を説明している。

「まあ、だいたいミイラは、いたずら好きですからね。王様やからワガママだし。特に大英のコたちはねぇ……」

凜子さんが言うと、聞き慣れない話に館長さんは首を傾げた。この時、凜子さんはバッグからワンちゃん用ジャーキーを取り出すと、細かく割いてにぬきに食べさせ始めた。自分ばかりがケーキをご馳走になるのはさすがに気の毒だと思ったのだ。

にぬきのまんまるい顔が喜びで溢れていた。

「三十年くらい前、やはりうちで大英博物館のミイラ展を開いたことがあるんですけど、その時は、こんなことありませんでした」

「ふ〜ん、そうですか……だんだん状況がわかってきたわ」

そう言って、凜子さんは目の前のオーガニック・コーヒーを飲み干した。

「凜子先生、何がわかったんですか？」

咲子さんがベリー類をひとつひとつ大切に食べながら聞いた。

「心当たりあんねん……ったく！」

凜子さんは「チッ」と舌打ちまでしている。

「館長、その展示室、見せてもらえますか？」

「あっ、是非お願いしますっ！　かなり臭いますけど……大丈夫ですか？」

今まで凜子さんたちのテーブルに自分の椅子を寄せて座っていた館長さんが、バタバタと立ち上がった。

「あ、あの……凜子先生、先ほど言いましたが、私、ミイラだめなんです。大英博物館に行った時だって、エジプトのコーナーだけ迂回(うかい)して他の展示物を見たくらいで。よく言うじゃないですか、ミイラとか展示してあるところは『気が悪い』っていうか、ヘンなものが憑いてくるっていうか、とにかく見ないようにしなきゃダメって。私、せっかくの今の運気を下げたくないですよ。それでなくても、ほら、取り憑かれやすいタイプじゃないですかっ……」

ケーキを二つもご馳走になったのに咲子さんは協力的ではなかった。にぬきはそんな咲子さんを見て、クーンクーンと寂しげに鳴いてしまう。

「何言うてんの、咲子さん。わたしがおるやん。ピッピッと祓うし問題ない……っていうか、ミイラは取り憑いたりせぇへんし。結構フレンドリーなんやから。でも今回は、ちょっと調子乗ったみたいやから、ガツンと言うてやらなあかん」

ガツンと言う……？　ミイラに……？　それ、呪覆じゃないような。

「でも凜子先生……私……ホントにダメなんです……具合悪くなりそうです」

咲子さんはカフェの椅子からどうしても立ち上がれない。

「そうなん？　ほなここで待っといたらええわ。あ、ここのランチ、払っとくし」

凜子さんがガラスの筒に入った勘定書きを取ると、即座に館長がそれを奪った。

「一さんっ、ここはすべて、私どもにおまかせくださいっ」

それを聞いた咲子さんはもういたたまれなくなり、ようやく立ち上がると、

「わかりましたっ、じゃあ、私もミイラの展示室に行きますからっ」

タダ飯食いが嫌な咲子さんは、意を決して涙目で言った。

「咲子さんらしいなぁ。でも、ま、上村ビルを魔釣った時とは質も違うから、面白いと思うけど」

凜子さんはニコニコそう言うけれど、咲子さんはまったく笑えない。

そして閉じていた『大英博物館ミイラ展』の展示室前シャッターが、ガ――――ッと上にあがっていく。と同時にものすごい悪臭が漂ってきた。

問題の展示室に凜子さん咲子さん、にぬきが入ると、館長さんはすぐにまたシャッターを下ろした。ちなみにこの臭いは霊的に鈍感な人にはまったくわからない悪臭だということは、実は館長さんも知らない。

咲子さんは霊的には鈍感な部類だが、匂いと味にはすごく敏感なので、すぐにこの悪臭に反応した。

「ったくアンタら何なんよっ！　臭いわ！　ちょっと遊びすぎちゃうっ!?」

いきなり凜子さんが、展示室内に響き渡る大声で怒鳴った。

すると、天井のライトがチカチカッと点いたり消えたりし始める。

「ライトも暗いわっ！　ちゃんと明るいのに戻しぃな！　節電とかほんま要らんし!!」

また凜子さんの罵声が飛ぶ。

するとライトが明滅をやめ、適度な明るさの展示室に戻った。これなら展示物の説明書きもちゃんと読める。

館長さんは口を半開きにしたまま、ただただボーっと立ちつくしている。

にぬきは自らバギーから飛び降りると、あちらこちらの展示物に近づき、「オンッ、オンッ」と声をかける。この鳴き方は『あ、どうもでーす、どうもでーす』というご挨拶だ。通常、魔物探知犬のにぬきは、魔物を発見したら「ヴゥ～～、ワンッ！」と吠えるのだが、そういう吠え方ではないので魔物はいないとわかる。

「あー、やっぱりあんたかぁ……確か十二、三年前？　わたしが大英博物館に行った時に会ったん覚えてる？　背中がかゆいって言うからかいてあげたら、妃にならないかってナンパしてきた王様やろ？」

凜子さんは、展示室中央の一番立派なガラスケースの中に置かれているカラフルな棺に声をかけていた。

棺の中の様子はCTスキャンされ、壁のスクリーンに映像として映されていた。その昔はかなりのイケメンだったに違いない身分高きお方だ。しかし、凜子さんは舌打ちしながら、また別の展示物に目をやる。

「あ、ニャンコ先生、また会えたな……え、何？　ちゅ～るが……ほしい？」

凜子さん、今度は猫型ミイラのケースに近づき、優しく声をかけていた。いつもより一オクターブ上げている。……猫には優しいのか。

「あの……凜子先生……こちらのミイラさんたちと、お知り合いなんですか？」

咲子さんがおそるおそる聞く。

「前に、何度か大英博物館に呪覆に行ってるからさ。この美術館に来たミイラさんたち、だいたい面識あるねん。ミイラの呪覆ってススが刺す時もあるけど、大抵は、背中がかゆいとか、骨がずれたとか、包帯が破れて気持ち悪いとか……特に面倒くさいのは、隣のミイラが棺の美しさでドヤってくるのが悔しい、自分のを一番カッコよく目立つようにしてくれとか、そんなくだらないお願いごとばっかり。それ、呪覆と違うしって言ってんねんけど、彼らにとっては結構なストレスみたいで……ひどい時は、そのストレスで中身がモロモロ壊れていくこともあるからな」

凜子さん、ここでミイラ・ワールドの内情を説明する。

「棺の美しさって……凜子先生、どうやって呪覆してあげるんですか……」

「やっぱり天照大御神の光でラッピングしてあげたら、色が際立つんよ。パッと見、シロウトにはわからないけどね」

館長さんはさっきから、しきりに首をひねっている。

「あの……ここの空気、今はそんなに臭くない気がしますけど……」

シャッターを開けた時は、ヘドロのような魚の腐ったようなとんでもない悪臭が充満していたけれど、今は確かに大したことはない。

「ああ、わたし、さっきめっちゃ怒ったし」

凛子さんが言った。

「あの……部屋も……明るくなってますよね……？」

「うん、わたし、一喝しましたし」

「ってことは、この展示室、また公開しても大丈夫ですか？　まさかもう呪覆して下さったんですか？」

館長の頬にみるみる赤みが差してくる。

「いやいや、まだです、まだです。ミイラはお願いごとが多いから、わたし今日は彼らのお願いごとをざっと聞いて、明日の朝一番に出直して来るしかないかと……」

凛子さんがため息をつきながら、かなり面倒くさそうな顔で言った。

「わっ、わかりましたっ、ではよろしくお願いしますっ！」

館長さんは頭を深々と下げた。

凛子さんは、展示室の隅から隅まで歩くと、展示物ひとつひとつに話しかけ、何やら細かくメモを取ると、美術館を後にした。

そして咲子さんとにぬきをのせたゲレンデは今、京都の東の方、山科(やましな)区に向かっていた。

車を停めたところは、大きな駄菓子屋さんだ。

店には所狭しと、懐かしいお菓子がぎっしりずらっと並んでいた。

食品店なので、にぬきにはゲレンデの中でお留守番をしてもらい、凜子さんと咲子さんは駄菓子屋さんに入って行く。

かなり人気のお店のようで、学校帰りの若い子が大勢買いにきている。

「凜子先生……呪覆に駄菓子がいるんですか？」

咲子さんは店内をきょろきょろ見回している。

「わたし、前に大英博物館で彼らの呪覆をしていた時、たまたま『ベビースターラーメン』を持ってたんよ。日本食が恋しくなったらお湯かけて食べようと思ってさ。そしたらその匂いを嗅ぎつけたミイラがいっせいに、それなにそれなにって騒ぐから見せたげたんやけどね、一瞬にして食べはってさ。後で確認のために食べたら全く味がなくなっとったから、彼らのお気に入りなはず」

「え？　ベビースターが好きなんですか？」

咲子さんは目を見開いたまま、二の句がつげない。

「ベビースターだけちゃうねん。『うまい棒』も大好きやで。チーズ味とかテリヤキバーガー味なんて奪い合っとったわ。やさいサラダ味は女性ミイラに人気やったかな？　エビマヨネーズは王族が取り合いしとったわ」

凛子さんは駄菓子をドンドンかごに入れていく。

ベビースターラーメンとうまい棒、東豊(とうほう)製菓の「ポテトフライ（フライドチキン味）」、小箱に入ったマルカワの「フーセンガム（オレンジ・グレープ・いちご）」、宮田(みやた)製菓四個入り「ヤングドーナツ」、やおきんの「キャベツ太郎」などなど。最終的にはレジカゴ三つに山盛りになっていた。そろそろ精算……というタイミングで、

「凛子先生、駄菓子といえば『よっちゃんイカ』だと思うんですけど。買わないんですか？」

ここでなんと、咲子さんが意見した。

「おっ？　よっちゃんイカ！　わたし、今まで呪覆で持ってったことないわ。だってあれ、本物のイカちゃうん？　ミイラって案外、加工食品が好きやねんな。化学調味料とかも大好きでさ」

「確かに……よっちゃんイカって三杯酢とかを使ってるし……割と健康志向なんですけど、そういうのって逆にダメなんですか？」

咲子さんと凛子さんは今、真剣に駄菓子を選んでいた。人生において、もっと他に真剣にならないといけないことは山ほどあると思うのだが……。

「私の姉妹校の先輩がよっちゃんイカが大好きで、中でも『カットよっちゃん（当り

付き)』っていうのにハマってて、でもそれ、二〇一八年に販売終了になってしまったらしくて……先輩、ショックで製造元に復活させてほしいって手紙を出したらしいんですけど、イカの不漁による原料価格の高騰でやむを得ず、販売終了になりましたっていうお手紙がきたんですって。先輩、がっかりしてました。先輩の気持ちを考えると、私、せつなくて……」

かなりお世話になった先輩らしく、咲子さんまでしょんぼりだ。

「わかった。じゃあ、咲子さんの先輩おすすめのよっちゃんイカもいっぱい買って行こか。王族ミイラたちだってハマるに違いないわ」

凜子さんはそう言うと、レジ前からまた移動して、よっちゃんイカのコーナーへと向かっていく。そこでのチョイスは咲子さんに一任した。

咲子さんは棚を睨むと迷うことなく、基本のカットよっちゃん、カットよっちゃん(からくちあじ)、カットよっちゃん(イカソーメン)、カットよっちゃん(甘辛味)を箱単位でカゴに放り込んでいく。凜子さんは、こんな迷いのない咲子さんを見るのは初めてだった。

そして、すべての駄菓子を精算し終わるとゲレンデに積み込み、日暮れの京都市内へと二人は帰っていく。

「ほら、やっぱりこの車は荷物載るわぁ。こんなたくさんの駄菓子は、ミニには入らへんもんなぁ……まぁ七十七柱の神々さまはさすがやね……」

さすがかどうかは知らないが、レジカゴ四つ分の駄菓子は、メルセデス・ベンツの後部座席で、車内を懐かしい香りで充満させていた。

翌朝、美術館が開く前に、凛子さんと咲子さん、そしてにぬきは「大英博物館ミイラ展」の展示室に入っていた。

「ああ……凛子さん、臭い、まったくないですわ」

美術館に入れてくれた館長が、言った。

「ライトも正常でしょう？」

凛子さんは、天井を指し示して言った。

「さ、じゃあ始めよか？　咲子さん、持ってきたお菓子、みんなに均等にたっぷり配ったげて！」

そう言って凛子さんが、駄菓子の入った四つの巨大レジ袋を近くにあったミイラのガラスケースの上に無造作に置くと、展示室の空気がざわっと変わった。それは凛子さんだけでなく、咲子さんも館長も感じるほどの空気の流れだった。

「だーかーらーっ!!　今わたしが均等にたっぷり配るって言うたの、聞こえてた？

勝手に食べようとしんといてくれるっ？」

よくわからないけれど、ミイラさんたちは、どうも凛子さんの持ってきたレジ袋の中の駄菓子類のエネルギーを我先に吸おうとしていたようだ。

「あ、すみません。館長さんにもお手伝いしてもらって良いですか？　展示されたミイラさんたちの前に、ありとあらゆるお菓子を、ランダムに配っていってくださいー！」

にぬきは、さっきから変わらず展示室を駆け回っている。たまに凛子さんのもとに戻ると、レジ袋に向かってワンワンと吠えている。どうやら、寄って来たミイラの霊体に、まだ食べちゃだめよということらしい。

壁際のガラスの向こうには、神官のミイラが立たせて展示してある。その棺はカラフルでかなり徳の高い人というのがわかる。その神官さんのCTスキャンの画像もすごい。お棺の中の包帯のミイラさんの中身がくっきりしっかりわかる。

展示室の中央には、何体ものミイラが個別にガラスケースに入れられ展示してある。それらはどれも身分が高い王族のものだ。

三重の木棺も展示されていた。内棺、中棺、外棺とそれぞれに細やかな絵柄が隙間なく描かれている。絵柄は神々の姿が多い。神が全身を守ってくれるという意味らしい。

動物のミイラもあった。猫、鳥、蛇などなど。どれも飼育されていた動物らしく、入念に包帯がまかれている。それらをCTスキャンした映像も展示室で公開されていた。猫はいかにも猫らしく、鳥もかなり鳥らしいフォルムで、蛇はコブラのようで、楕円形に包まれていた。

金彩のミイラマスクもある。死者の顔を理想化し、金箔と採色が施されている。カノプス壺も多数並んでいる。それはミイラを作る際、内臓を取り出さないといけないので、その臓器が大切に保存された壺である。壺は人の形をしていて、外装にはオシリス神像やら、その子供である肝臓を守る神やら、ヒヒの形をした肺を守る神やら、山犬の姿の胃を守る神やら、隼の形をした腸を守る神やらが描かれている。身分の高い人々の亡骸は何一つ廃棄されることなく、すべて大切に保存されるのがエジプトの流儀だ。

三人はせっせとお菓子を配った。どの展示物の前にもお菓子の山が築かれていく。内臓のみのミイラのカノプス壺の前にも、お菓子は置かれている。

凜子さんは、猫ちゃんミイラの前に特別に「ちゅ～る」を置いた。しかもスティックの先をハサミで切って、すぐ食べられるようにしてあげていた。凜子さんが買ってきたのは「腎臓の健康維持に配慮　まぐろ海鮮ミックス味」だ。コブラの前には卵。鳥さんには乾燥とうもろこし。動物さんたちには手厚いお供えだ。

そして、凜子さんは思いだしたように背負ってきたデイパックを開くと、中から歯磨き粉と歯ブラシを取り出した。それを見た館長と咲子さんは、ついついお菓子を配る手が止まってしまう。

「あの……一さん……歯磨き粉って、もしかして、そこまで見えてるんですか？」

館長さんは、凜子さんにほとほと感心してしまう。

「いや、昨日リクエストを聞いた時頼まれたんで……ミイラって皆、すごい虫歯だから。ミイラになるような裕福な古代エジプト人は食生活が偏りがちで、しかも年齢の割に歯がすり減ってるし、これは主食のパンに砂利が入っていたせいらしいねんけど……あ、ほら見て、虫歯ってわかるでしょ？」

凜子さんは、壁に映っているスキャンされた先ほどの神官さんのミイラの口元を指さして言った。どうやら虫歯だらけらしい。当時はみんな虫歯に苦しんでいたのだろうか？

凜子さんはただの歯磨き粉ではなく、歯槽膿漏（しそうのうろう）に特化した、ちょっと金額お高めの歯磨き粉を選んで持ってきた。それを虫歯で苦しんだであろうミイラさんたちの前にお供えする。

「ええっ？　ウソ……やだ……」

咲子さんが叫んだ。

「あの……今、スペアミントの香りがするの、私だけですか……?」

どうやらミイラさんたちは、すぐに歯磨きを試しているようだった。箱に入った歯槽膿漏用の歯磨きチューブは、いっさい開封してないが、展示室には歯磨き粉の匂いが充満している。

すべてのお供えが終わった時、凜子さんは部屋をあちこち歩きまわり、ニコニコしながら、空中で一人ハイタッチ? のようなことをしていた。たいがいがミイラの展示物の前あたりで手を上げ、明らかに誰かとハイタッチだ……。ミイラさんたちのありがとうが、ハイタッチという形になっているのだろうか?

「こ……これは確かに、お祓いとか除霊ではないですね……そっか、こういう呪覆もあるんですね」

咲子さんはあちこち飛び回る凜子さんを見ながら、最後はとうとう自分も笑っていた。凜子さんは一体一体のミイラの前で、何らかの光(?)をあて、背中をかいてあげたり包帯のほつれを直したり、猫ちゃんの背中をなでたり、子供の棺の前には、ポケモンの小さなぬいぐるみを置いてあげて慰めていた。

すると明らかに展示室内に清涼な空気が流れだしていた。

「館長、明日からここの展示再開して大丈夫ですよ。大勢の皆さんに観に来てもらってください。そして、みなさんになるべく、ミイラたちにお声をかけてあげるようにしてもらってみてください。なんでもいいです。よく京都に来たねとか、棺の絵柄が見事ですねとか。猫ちゃん可愛いねとか。そういうの、きっと喜ばはると思います。コミュニケーションが何より大切やしねぇ」

凜子さんは清々しい笑顔で言った。

「あの、このお供え物、どうしたらいいでしょうか？」

「今日の夕方……日没後、全部さげてください。わたし、それ受け取りにきますし。お焚き上げしますから」

「は？　お焚き上げ……ですか？」

館長は、信じられないという顔になる。

「はい。どのお供え物も中身はスカスカになるし。もう食べられた味じゃなくなりますし。プラスチック包装はのぞいて、中身はみんなお焚き上げします。ヌイグルミ類もお焚き上げです。焚かれて天国に上って、またミイラさんたちのもとに戻る、そんなサイクルができあがってるんです。歯磨き粉や歯ブラシ類は、そのまま不燃ごみで結構です」

そう言いながら、凜子さんは身支度をする。

「じゃあ、咲子さん、帰ろか？」

やり切った表情の凜子さんが言った。

「あっ、あの、ちょ、ちょっと待ってください！　謝礼とか、かかった費用とか、どうさせてもらったらよろしいですかっ」

館長さんが、帰ろうとする凜子さんたちを呼び止めた。

「謝礼は、まぁまた何かで。それより、ランチご馳走様でした。しかもケーキ二つつき!!　久々に楽しかったなぁ。日本でまさかの王族ミイラさんに再会できたし。昔一度、彼にプロポーズされてるし」

そう言って苦笑いしながら凜子さんは、展示室真ん中にある一番立派な棺に納められたミイラを指さした。

――お、ちょ、ちょっと、妃よ、待たんかっ！　ワシはこの後、ロンドンに戻ったら、そのまま保管庫に入れられるらしい。もう、妃が生きている間には、世に出られんのよっ！

「あのね、勝手に妃、妃ってやめてよ？　あんた保管庫に戻ったら戻ったで、恋い焦がれられた女性、ぎょうさんいはるやろ？　ちゃんと知ってるねんで」

凜子さんは帰り際に、中央の王様ミイラに説教をしていた。

――そんなキツイ言い方しなくても、ええやろに。ワシが誰かわかってて、そういうことを言うとるんやろ。昔からクールだったしなぁ……変わらんねえ……。

「わかっとぉって。だからわたしのこと、ここに呼んだんやろ？　あんね、わたし、こう見えて、結構忙しいんよ」

――また、そんなこと言って……最終日あたりに、もう一度だけ顔見せに来てな。あ、できれば、なんとかイカ？　あと二、三袋持ってきてほしいけど。あのイカ、サイコー。たまげたわ……。

「ああ〜よっちゃんイカか、しゃあないなぁ。もう今生で最後やしね」

――そんな、最後とか言わんといて……また特別展示やらで、別の国に行くかもしれへんし……ワシって結構人気のミイラなの知ってるでしょ？

どうやらさっきから凜子さんは、顔なじみの中央のミイラと話をしている。

「ねぇ、咲子さんの先輩さんのおすすめ、よっちゃんイカ、めっちゃおいしかったみたい。リクエストされたわ、また持って来いやって！」

もう凜子さんは王族のミイラに背を向け、出口に向かってスタスタ歩いていく。

「でしょう？　あれ、ハマるとハマりますよね〜」

にぬきを連れた咲子さんも、面白かったらしくニコニコしている。

――クールな妃よ……幸せにな……わざわざ出向いてくれて、ありがとう。展示室を荒らしてしまって、悪かったわ。こうでもしないと妃は来ないと思って、いたずらしてしまって、大人げなかったな……。

脳内に響いてくる声だけは、凜子さんの耳に届いている。

「フンッ、大人げないって……アンタ今、何歳やねん……？　紀元前千年くらいの生まれなのに……ったく」

凜子さんは、ブツブツ言いながら、もう二度と振り返らず、美術館を後にした。こういう場面では絶対に振り返ったり、未練を残してはいけない。お墓参りの作法と同じだ。

そして、駐車場に置いたゲレンデに向かっていく。

朝日が京都赤レンガ美術館を照らしていた。日一日と春に向かっていくのがわかる眩しい光だ。

「凜子先生、ミイラって全然怖くなかったです。今日の呪覆、笑っちゃいました！」

「せやろ。また美術館に呼ばれる時は、咲子さんも一緒にいこ？」

「あ、そしたら私、いつも素通りしてた大英博物館のエジプト展示室を、今度こそちゃんと見てみたいです」

「あ〜、そんなこと言うてたら、すぐ呼ばれるで？　ええの？」

「いいです、いいです……行きますよ、私」

咲子さんは力強い声で言った。咲子さんの『行きます』は、『生きます』そのものだった。

自分がかかわった人が、こうやって元気に暮らしている。

それこそが何よりの自分へのご褒美だと、凜子さんは知った。

―――本書のプロフィール―――

本書は書き下ろしです。

小学館文庫

一教授はみえるんです
京の都は開運大吉！

著者　柊坂明日子
原案・監修　三雲百夏

二〇二三年二月十二日　初版第一刷発行

発行人　石川和男
発行所　株式会社 小学館
〒一〇一-八〇〇一
東京都千代田区一ツ橋二-三-一
電話　編集〇三-三二三〇-五六一六
販売〇三-五二八一-三五五五
印刷所　――凸版印刷株式会社

この文庫の詳しい内容はインターネットで24時間ご覧になれます。
小学館公式ホームページ　https://www.shogakukan.co.jp

ISBN978-4-09-407233-4

英国紅茶予言師（ティーカウンセラー）

七海花音
イラスト　ねぎしきょうこ

パブリック・スクールの奨学生になった風森心には、
紅茶を飲むと少し先の未来が視える能力がある。
おちぶれ貴族の息子ギルの提案で、その能力で人助けをし、
生活費を稼ごうとするが、大事件につながり――!?
様々な紅茶が視せるものは何？　英国男子校が舞台の紅茶ミステリ！